非凡百年

中央广播电视总台
《非凡百年》节目组

·北京·

中央党校出版集团
国家行政学院出版社
NATIONAL ACADEMY OF GOVERNANCE PRESS

图书在版编目（CIP）数据

非凡百年 / 中央广播电视总台编著 .—北京：国家行政学院出版社，2023.7（2023.12 重印）

ISBN 978-7-5150-2514-8

Ⅰ.①非… Ⅱ.①中… Ⅲ.①电视纪录片—解说词—中国—当代 Ⅳ.① I235.2

中国版本图书馆 CIP 数据核字（2022）第 222873 号

书　　名	非凡百年 FEIFAN BAINIAN
作　　者	中央广播电视总台
责任编辑	王　莹　马文涛
出版发行	国家行政学院出版社 （北京市海淀区长春桥路 6 号　100089）
综 合 办	（010）68928887
发 行 部	（010）68928866
经　　销	新华书店
印　　刷	北京盛通印刷股份有限公司
版　　次	2023 年 7 月第 1 版
印　　次	2023 年 12 月第 2 次印刷
开　　本	170 毫米 ×240 毫米　16 开
印　　张	20.75
字　　数	245 千字
定　　价	80.00 元

本书如有印装质量问题，可随时调换，联系电话：（010）68929022

序

以生动的讲述传扬精神的伟力

"人无精神则不立,国无精神则不强。"精神,对于国家而言,是国本;对于民族而言,是脊梁;对于政党来说,就代表着力量和生机。

中国共产党能始终成为时代先锋、民族脊梁,就在于其在一百多年苦难辉煌的历程中铸就了一系列伟大精神。正是依靠精神的力量,让中国共产党在暗夜中播撒火种,不惧风浪,高擎火炬;正是禀赋红色的气质,使中国共产党能够感染人民群众,团结带领人民群众朝向理想的目标进发,不断从胜利走向胜利。

百年漫漫征程,百年砥砺奋进。一次次不屈不挠的抗争,一个个震古烁今的奇迹,精神的力量总是接力赓续,精神的力量始终代代相传。

中国共产党在波澜壮阔的历史行进中塑造出一个又一个精神坐标,形成了以伟大建党精神为源头的广泛而深厚的精神谱系。中央宣传部发布的第一批纳入中国共产党人精神谱系的伟大精神有 51 种,这是一代代中国共产党人在不同时期、不同环境下应对不同挑战表现出来的最突出的精神标识,集中彰显了中国共产党人的人格力量和精神气象,集中彰显了中华民族和中国人民长期以来形成的伟大创造精神、伟大奋斗精神、伟大团结精神、伟大梦想精神。

在革命年代,为了谋求民族独立和人民解放,中国共产党人的精神气象主要表现为不畏艰险、坚守信念、浴血奋战、百折不挠。在建设年代,为了摆脱贫穷和落后、建设社会主义新中国,中国共产党人的精神气象主要表现为自力更生、发愤图强、艰苦奋斗、无私奉献。在改革开放新时期,为了实现国家富强和人民幸福,中国共产党人的精神气象主要表现为解放思想、锐意进取、敢想敢干、求真务实。中国特色社会主义进入新时代,又产生了一个个新的精神坐标,中国共产党团结带领中国人民,自信自强、守正创新,统揽伟大斗争、伟大工程、伟大事业、伟大梦想,以新时代的昂扬气象为实现中华民族伟大复兴提供了具有更为主动的精神力量。

中国共产党人精神谱系之所以具有穿越时空的强大感染力和影响力,是因为它占据了道义高点,拥有道德魅力。精神谱系中的每一个精神坐标,都彰显了先进人群在特定环境和特定考验面前的价值选择和道德实践,把它们组合起来,就是人类精神世界良好美善的崇高天地。这当中,有选择和坚守远大理想信念,为美好未来奉献和牺牲一切的崇高;有不信邪、不怕鬼,敢于斗争、敢于胜利的崇高;有顾全大局、遵守纪律、维护团结的崇高;有不求名利、埋头实干、大公无私,甘愿为人民的利益奉献一切的崇高;有自力更生、艰苦奋斗、锲而不舍,开创事业新局面的崇高;有万众一心、众志成城,不怕困难、顽强拼搏的崇高;有爱中华民族、爱中国、爱社会主义的崇高;凡此等等,不一而足。

中国共产党人精神谱系之所以拥有穿越时空的强大感染力和影响

力，还在于它的每一个精神坐标，都不是抽象存在和道德说教，而是具体的、生动的、鲜活的，是可感可亲可行的，它们是通过大量看得见、摸得着、感受得到的具体人物和事件，全方位立体呈现出来，多角度集中展示出来的。比如，说到井冈山精神，我们就会想到以毛泽东为代表的中国共产党人开辟的农村包围城市、武装夺取政权的革命道路，想到用脚蘸着自己鲜血写下"革命成功万岁"的刘仁堪烈士。说到长征精神，呈现在我们眼前的就是荡气回肠的血战湘江、四渡赤水、爬雪山、过草地，还有温暖感人的"半条被子"的故事。说到抗美援朝精神，肯定忘不了黄继光、邱少云、罗盛教等英雄。说到脱贫攻坚精神，那就不得不提到第一书记黄文秀、精准扶贫地标性意义的十八洞村、为贫困女孩点亮心灯的张桂梅，等等。如果只有理念口号，而不能落到实处见人见事，那样的精神是感动不了人、影响不了人的。中国共产党人精神谱系，正是因为这一个又一个落小落细落实的故事而跨越时空、历久弥新。

为弘扬以伟大建党精神为源头的中国共产党人精神谱系，由中央广播电视总台机关党委发起、社教节目中心新媒体部执行制作了《非凡百年——中央广播电视总台百位播音员主持人讲述中国共产党人精神谱系》百集沉浸式讲述类纪实影像节目，近百名中央广播电视总台的优秀播音员主持人以生动的讲述方式，将蕴含这些精神力量的人物故事形象化、叙事化地呈现出来。需要说明的是，习近平总书记论述的五四精神，虽然诞生于中国共产党成立以前，但它实际上是建党精神的一个源头，故该节目也作了反映。节目在广大观众中获得让人欣喜的反响和好评，有观众希望能够将节目以文本形式再次沉淀下来，以便阅读。为此，中央广播电视总台与中央党校出版集团国家行政学院出版社合作，以同名图书集辑出版。

全书开创性地用近百个生动感人的故事把贯穿百年党史的伟大精神

谱系进一步体系化、系统化，对精神谱系内涵的揭示也展示得更加全面、更加完整。从阅读体验来说，这本书的一个重要特点是讲述人、讲述的故事和优美的文字浑然一体。比如，黄薇多次在影视作品中塑造过邓颖超的形象，体验过爬雪山、过草地，这一次就请她来讲述长征精神中的"军民一家得胜利"。纪萌曾经援藏七个月，对藏区有感情，又了解川藏公路、青藏公路，因此由她来讲述"两路"精神。这无疑是电视脚本与图书出版紧密融合的有效传播方式。

注视历史风骨，透视历史经验，凝视历史演进，《非凡百年》通过追溯这些宝贵精神的形成过程，从历史的纵深处，揭示百年大党风华正茂的奥秘，展示奋斗新征程中可以汲取的力量。

历史虽然过去，故事却历久弥新，精神更永远传承。

是为序。

陈晋

2023 年 5 月

目录

中国共产党人精神谱系
贺红梅　披荆斩棘的精神力量　/ 001

新民主主义革命时期

五四精神
王　言　青春的底色　/ 006
舒　冬　一声惊雷　百年回响　/ 010

建党精神
虹　云　"真理的味道非常甜"　/ 014
钟　石　初心与恒心　/ 017
田靖华　"高尚的生活，常在壮烈的牺牲中"　/ 020
撒贝宁　"忠诚印寸心，浩然充两间"　/ 023

红船精神
康　辉　开天辟地起航船　/ 026

井冈山精神
王筱磊　井冈山见证不畏艰险的牺牲精神　/ 029
高　凡　井冈山的道路是革命的未来　/ 033
任志宏　井冈山的军民鱼水情　/ 036

古田会议精神

罗　旭　思想建党、政治建军：古田会议精神永放光芒　/　039

苏区精神

杨子楠　烽火中吹响"红色号角"　/　042
罗来明　一心为民的执政理念　/　045
王音棋　从实践中来，到实践中去　/　048

长征精神

李佳明　革命理想高于天　/　051
陈智鹏　雄关漫道真如铁　/　055
黄　薇　军民一家得胜利　/　058
潘　涛　步调一致向前进　/　061

遵义会议精神

侯　丰　坚持走独立自主道路　/　064

延安精神

海　霞　十万将士出抗大　/　067
沙　桐　全心全意为人民服务　/　069

白求恩精神

朱　迅　英雄不曾远去　/　072

抗战精神

刘仲萌　同仇敌忾　共赴国难　/　075
杨　光　诞生在抗日前线的战歌　/　079

康　辉　《晋察冀日报》：不倒的旗帜　/　082
徐　俐　一篇文章的思想伟力有多大　/　086

红岩精神
鞠　萍　《红岩》之光　/　090

西柏坡精神
张腾岳　永葆"赶考"的清醒与自觉　/　093
田　薇　"嘀嗒、嘀嗒"就是党中央和毛主席的声音　/　096

东北抗联精神
赵寅子　舍生取义赴国难　/　098

南泥湾精神
龙　洋　南泥湾，不一般　/　102

太行精神
月亮姐姐（王昊）　抗日烽火中铸就的民族魂　/　105

吕梁精神
宝晓峰　英雄是民族最闪亮的坐标　/　107

大别山精神
陈　亮　二十八年红旗不倒的秘密　/　110

沂蒙精神
孙小梅　水乳交融　生死与共　/　113

社会主义革命和建设时期

抗美援朝精神
绿泡泡（耿晨晨）　同心协力　保家卫国　/　118
李国虎　英雄为何义无反顾　/　121
高　博　"钢少气多"的英雄气概　/　124
吴　鹏　"为了胜利，向我开炮"　/　127
晁　煜　为和平与正义而战　/　130

"两弹一星"精神
张　韬　以身许国：邓稼先　/　133
佟雅坤　戈壁上盛放的"马兰花"　/　137
张宝东　"两弹一星"是民族的光荣伟业　/　140

中国医疗队精神
李文静　大爱无疆　/　143

雷锋精神
春天姐姐（戴莹）　做社会主义一颗永不生锈的螺丝钉　/　146

焦裕禄精神
朱广权　永不磨灭的丰碑　/　150

大庆精神（铁人精神）
胜　春　大庆，寄托希望的地方　/　153
鲁　健　铁人王进喜　/　156

红旗渠精神
雷 鹏 "人工天河"红旗渠 / 160

北大荒精神
姚雪松 喜看稻菽千重浪 / 163

塞罕坝精神
林 溪 "六女上坝" / 166

"两路"精神
纪 萌 川藏公路、青藏公路创奇迹 / 170

老西藏精神
达瓦玉珍 缺氧不缺精神 / 173

兵团精神
尼格买提 屯垦戍边铸忠诚 / 175

孔繁森精神
王 洲 耿耿忠心照雪山 / 178

西迁精神
张 攀 听党指挥跟党走 / 181

"好八连"精神
刘 阳 "南京路上好八连" / 184

王杰精神

董丽萍　"一不怕苦，二不怕死"的精神力量　/　187

改革开放和社会主义现代化建设新时期

改革开放精神

陈伟鸿　伟大觉醒　/　192

沙　晨　开放包容　兼容并蓄　/　196

王端端　开拓创新　勇于担当　/　199

张　琳　大胆地试　/　203

特区精神

谢颖颖　敢为天下先　/　206

靳　强　奋发有为　只争朝夕　/　209

抗洪精神

严於信　万众一心，汇聚钢铁长堤　/　212

石琼璘　沧海横流，方显英雄本色　/　215

向仲南　坚韧不拔，任尔千磨万击　/　218

抗击非典精神

丁　曦　团结互助　和衷共济　/　220

抗震救灾精神

海　阳　万众一心　众志成城　/　223

陈　旻　不畏艰险　百折不挠　/　226

李　潘　以人为本　尊重科学　/　228

北京奥运精神

梁毅苗　奥运，民族的百年期盼　/　231

姚轶滨　向世界展示中国的拼搏与奋斗　/　235

载人航天精神

周　瑜　特别能吃苦　特别能奉献　/　238

尹　颂　特别能战斗　特别能攻关　/　241

劳模精神

冀　星　爱岗敬业　争创一流　/　244

冯　硕　淡泊名利　甘于奉献　/　247

王　冠　"中国保尔"吴运铎　/　250

劳动精神

孟语凡　"劳动最美丽"　/　254

工匠精神

王春潇　执着专注　精益求精　/　257

石宁海　一丝不苟　追求卓越　/　260

中国特色社会主义新时代

脱贫攻坚精神

任鲁豫　大山里的"名校"　/　264

郭嘉宁　上下同心　尽锐出战　/　267

沙玛阿果　精准务实　开拓创新　/　270

陈　铎　攻坚克难　不负人民　/　273

抗疫精神

蔡宝峰　每一个生命都得到全力护佑　/　276

王嘉宁　一方有难　八方支援　/　278

陈　星　以生命赴使命　/　281

何岩柯　把遵循科学规律贯穿全过程　/　284

崔　爽　命运与共　/　287

科学家精神

敬一丹　一片冰心在报国　/　290

张舒越　攻坚克难　追求卓越　/　293

田　龙　始终不忘严谨求实的初心　/　296

张　蕾　"深潜"一生，愿将此生长报国　/　300

梁　婧　集智攻关　团结协作　/　303

邹　韵　甘为人梯　奖掖后学　/　306

企业家精神

贺　超　为国担当　回报社会　/　309

屠　化　唯创新者胜　/　312

中国共产党人精神谱系

披荆斩棘的精神力量

● 讲述人

贺红梅

　　精神,对于国家而言,是国本;对于民族而言,是脊梁;对于一个政党来说,就代表着力量和生机。

　　中国共产党在奋斗中形成了一系列伟大的精神,正是这样的精神力量,让中国共产党不惧风浪,高擎火炬。正是这样的红色气质,使中国共产党人能够带领人民取得辉煌成就。一次次不屈不挠的抗争,一个个震古烁今的奇迹,让这精神的力量代代相传。

习近平总书记深刻指出,"在一百年的非凡奋斗历程中,一代又一代中国共产党人顽强拼搏、不懈奋斗,涌现了一大批视死如归的革命烈士、一大批顽强奋斗的英雄人物、一大批忘我奉献的先进模范",形成了一系列伟大精神,构筑起了中国共产党人精神谱系,为我们立党兴党强党提供了丰厚滋养。

在这丰厚滋养中,我们看到了"人间正道是沧桑"的坚定信仰。井冈山军民用梭镖加土枪,点燃了"工农武装割据"的燎原之火,把"坚定执着追理想"刻进了井冈山精神。红军战士四渡赤水、飞夺泸定桥、爬雪山、过草地,为了信仰、为了胜利,高扬长征精神。一次次回味他们的故事,我们都能清晰得出结论:心中有信仰,脚下有力量。

在这丰厚滋养中,我们还看到了"为有牺牲多壮志"的顽强斗争。平型关大捷打破"日军不可战胜"的神话,百团大战坚定了中国军民抗战到底的决心;面对1998年的特大洪水,我们党群一心、军民一心,铸就了抗洪精神;面对突如其来的新冠疫情,我们经受住了抗疫大战、历史大考,铸就了抗疫精神……这些,都是惊天动地的斗争换来的丰功伟绩。

在这丰厚滋养中,还有"六亿神州尽舜尧"的人民立场。从"为人民服务",到"以人民为中心",再到"我将无我,不负人民",百年党史的每一页,都端正地写着"人民"二字。

陈潭秋见国家"有终日不得一饱者,亦有兼日而食者",痛心疾首;20多岁的毛泽东发出呐喊:"什么力量最强?民众联合的力量最强。"为了人民,焦裕禄把生命融入"生也沙丘、死也沙丘"的誓言;黄文秀带着"扶贫之路只有前进没有退路,只要确定了就义无反顾"的承诺,谱写新时代的青春之歌……一切为了人民,一切依靠人民，这是初心，也是恒心。中国共产党人深切知道，丢了初心，就失了民心，也失了根本。

  在新时代，中国共产党人的红色基因和精神谱系，早已深深融入民族的血脉和灵魂，成为鼓舞和激励中国人民不断攻坚克难、从胜利走向胜利的强大精神动力。革命精神如火炬明灯，精神在，力量就在，生机就在。我们坚信：不管前路有多少"娄山关""腊子口"，伟大、光荣、正确的中国共产党必将始终站在时代潮流最前列、站在攻坚克难最前沿、站在最广大人民之中，不断从胜利走向新的胜利。

遵义会议
东北抗联精神
建党精神
苏区精神
延安精神　白求恩精神
大别山精神　长征精神　吕梁
建党精神　　井冈山精神
太行精神　遵义会议精神
五四精神　西柏坡精神
遵义会议精神
东北抗联精神

新民主主义革命时期

五四精神

青春的底色

● 讲述人

王 言

2021年,有一部电视剧火出圈了,它令无数观众热血沸腾,受到广大青年的热烈追捧,在豆瓣、知乎、B站等网络平台,到处都是关于它的讨论,这部剧就是《觉醒年代》。

《觉醒年代》以1915年《青年杂志》问世,到1921年《新青年》成为中国共产党机关刊物为线索,展现了从新文化运动、五四运动到中国共产党成立这一段波澜

▲《青年杂志》创刊号。1915年9月,陈独秀在上海创办《青年杂志》,掀起了新文化运动思想风暴

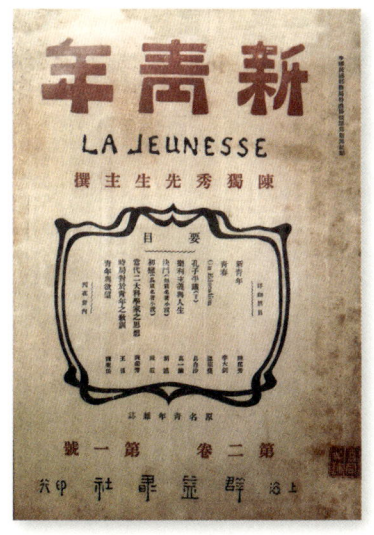

▲《新青年》。1916年9月,《青年杂志》改名为《新青年》

壮阔的历史画卷。它生动刻画了陈独秀、李大钊、毛泽东、周恩来、陈延年、陈乔年等人物形象。

剧中有这样一个场景让我印象深刻。在寒冬的北京郊外的长城,一群青年响亮地背诵李大钊写下的《青春》:"以青春之我,创建青春之家庭,青春之国家,青春之民族,青春之人类,青春之地球,青春之宇宙,资以乐其无涯之生。"这是年轻的生命爆发出的惊天动地的呐喊!正值青春岁月的他们,将自身命运和国家命运紧密相连,以"天下兴亡,匹夫有责"的担当,以"敢为天下先"的勇气,扛起了中华民族崛起的重任。

五四青年充满青春朝气,五四精神的底色是追求真理、追求进步。五四运动前后,我国一批先进知识分子和革命青年,在追求真理中传播新思想、新文化,勇于打破封建思想的桎梏,猛烈冲击了几千年来的封建旧礼教、旧道德、旧思想、旧文化。五四运动改变了以往只有觉悟的革命者而缺少觉醒的人民大众的斗争状况,实现了中国人民和中华民族自鸦片战争以来的第一次全面觉醒。

在纪念五四运动100周年大会上,习近平总书记指出,"奋斗是青春最亮丽的底色","民族复兴的使命要靠奋斗来实现,人生理想的风帆要靠奋斗来扬起"。五四运动以来的100多年,是中国青年一代又一代接续奋斗、高歌前行的100多年,是中国青年用青春之我创造青春之中国、青春之民族的100多年。

100多年来,中国青年满怀对祖国和人民的赤子之心,积极投身党领导的革命、建设、改革伟大事业,为人民战斗、为祖国献身、为幸福生活奋斗,把最美好的青春献给祖国和人民,谱写了一曲又一曲壮丽的青春之歌。

没有广大人民特别是一代代青年前赴后继、艰苦卓绝的接续奋斗,就没有中国特色社会主义新时代的今天,更不会有实现中华民族伟大复兴的明天。

回到《觉醒年代》。我记得陈乔年牺牲前对狱友说:"让我们的子孙后代,享受前人披荆斩棘的幸福吧!"有网友在弹幕里留言:"现在的幸福生活就是它的续集。"

而我们的青年,也没有辜负自己的时代。我们看到,抗击新冠疫情中,无数的"90后""00后"奋战在一线;我们看到,脱贫攻坚、乡村振兴的乡野田间,尖端科技的探索前沿,到处都是青春的身影……

 讲述人感悟

我的爷爷就是一位老党员,他参加过抗日战争。我小学之前都是和我爷爷生活在一起的。在我印象当中,他是一个很可爱的老人,他会把过去很艰苦的一些岁月表达得云淡风轻:说起过去那种吃不上饭,每天就吃一个馒头,他都不以为意。……他后来因为放迫击炮,大概40来岁就失聪了,但是他一点都不觉得这是个问题。他每天都看《新闻联播》,每天都看报纸,对外面发生的事情始终保持好奇心。2021年他还得到了"光荣在党50年"纪念章,他为此特别高兴。他是特别健康、特别乐观的一个老人,今年都已经100多岁了。

11年前,我还在上大学的时候,入党之后就很高兴地跟爷爷说,从今天开始,我也是一个很可爱的人。

[五四精神]

一声惊雷　百年回响

● 讲述人

舒　冬

　　著名作家冰心曾回忆，1919年的5月4日，北京城"槐花的浓香熏得我头痛"。还有人回忆，这一天"是个无风的晴天"。可是，北京的青年们却没有晴日赏花的闲情雅致，他们想的是，"国亡了，同胞们起来呀！"

　　巴黎和会的消息传来，列强要把德国在山东的一切特权交给日本。青年们疾呼："山东亡，是中国亡，是中国之亡矣！我同胞处此

▲ 人民英雄纪念碑上的《五四运动》浮雕

大地,有此山河,岂能目睹此强暴之欺凌我、压迫我、奴隶我、牛马我,而不作万死一生之呼救乎!"

五四运动爆发了!面对国家和民族生死存亡,一批爱国青年挺身而出,全国民众奋起抗争,誓言"国土不可断送、人民不可低头",奏响了浩气长存的爱国主义壮歌。

它更像一声惊雷,促进了马克思主义在中国的传播,促进了马克思主义同中国工人运动的结合,让许许多多正在苦苦寻找中国出路的有志之士为之一振。经过五四运动的洗礼,越来越多的中国先进分子集合在马克思主义旗帜下。

比如,我们熟悉的董必武,他曾经参加过中国同盟会、辛亥革命。然而,北洋军阀统治的残酷现实,二次革命、护国运动、护法运动的接连失败,让他陷入了失望、苦闷和彷徨之中。他痛心思索着:中国革命的道路究竟在哪里?正是五四运动,让他看到了民众行动起来的伟大力量,找到了真正的救国真理——马克思主义。他后来成了党的一大代表。

毛泽东、周恩来、邓中夏、蔡和森、瞿秋白等,也是在投身五四爱国运动后走上了革命道路。

从爱国到革命,从爱国主义到社会主义、共产主义,是中国先进分子走过的共同道路。为实现民族复兴梦想而不懈奋斗,也成为他们人生的共同轨迹。而此刻,我们可以告慰五四先辈们的是,"社会主义没有辜负中国!""中国没有辜负社会主义!"

在纪念五四运动100周年大会上,习近平总书记指出,五四运动孕育了以爱国、进步、民主、科学为主要内容的伟大五四精神,其核心是爱国主义精神。新时代青年要热爱伟大祖国,在当代中国,爱国主义的本质就是坚持爱国和爱党、爱社会主义高度统一。新时代青年要听党话、跟党走,胸怀忧国忧民之心、爱国爱民之情,不断奉献祖国、奉献人民,以一生的真情投入、一辈子的顽强奋斗来体现爱国主义情怀,让爱国主义的伟大旗帜始终在心中高高飘扬!

 讲述人感悟

参加这次活动我真的特别荣幸。作为一个北大毕业的学生,我对于五四运动是有一种特殊情怀的。

今年我快40岁了。如果我们把时间倒回到1919年,领导五四运动的李大钊同志,当年也只有30岁出头。参加五四运动的学生们,有北京大学的邓中夏、清华大学的闻一多,还有天津学生界的领导人周恩来,在南京投身学生运动的张闻天,等等,他们其实都是20岁出头的年轻小伙子。

我在校期间传唱最广的一首歌叫《燕园情》:"红楼飞雪,一时英杰,先哲曾书写,爱国进步民主科学……"就是把五四精神融入其中的。

我相信每一个北大人,每一个青年学子,每一个中国人,都会把"爱国、进步、民主、科学"这种伟大的五四爱国主义精神一直放在心底,用它指引我们向前进。

建党精神

"真理的味道非常甜"

● 讲述人

虹 云

中国共产党成立100周年前夕,在中共一大开幕的地方,72种版本的《共产党宣言》被静静地放进了纪念馆。络绎不绝的参观者望着它们,驻足沉思。那一刻,真理与理想的力量穿越历史长河,令人心潮澎湃。

1920年,一名叫陈望道的青年在故乡苦心翻译这本书,以致食不甘味,日渐消瘦。

母亲心疼儿子,就包了

粽子送去，转身离开时，仍然不放心，就问："你吃粽子要加红糖，吃了没有啊？"

"吃了吃了，甜极了。"儿子是这样回答的。

可是当母亲再进门，只见儿子仍在埋头苦干，他都不觉得满嘴灌了墨汁，还一个劲地说："可甜了，可甜了！"

90多年后，这个故事被习近平总书记讲起。总书记用一句话概括了这个故事，也概括了那个时候所有进步青年的追求与憧憬。那就是：真理的味道非常甜。

▲《共产党宣言》陈望道译本

久旱逢甘霖。真理为何对中国人而言这么"甜"呢？是因为那个时候人们太苦了！国家蒙辱、人民蒙难、文明蒙尘。"四万万人齐下泪，天涯何处是神州。"人们奋起救国，却屡屡失败，但是在这长期的艰苦的斗争中人们逐渐意识到，要靠新的思想才能够救亡。

直到中国共产党的先驱们，找到了马克思主义，确立了共产主义理想。他们不仅为中国找到了出路和方向，也给自己的人生注入了勇毅笃行的力量和舍生取义的信念。

毛泽东说："我接受了马克思主义，认为它是对历史的正确解释，以后，就一直没有动摇过。"在疾病缠身、生命垂危的最后岁月，毛泽东仍然时常翻阅《共产党宣言》，读而不倦，读而不厌。

周恩来说："在任何艰难困苦的情况下，都要以誓死不变的精神为共产主义奋斗到底。"他一生都在遵奉自己的誓言。

刘少奇在白色恐怖中两度被捕,都坚贞不屈。在人生最艰难的时刻,他下定决心:"一个革命者,生为革命,死也永远为共产主义事业,一心不变。"

朱德始终以"革命到老,学习到老,改造到老"鞭策自己。1976年,90岁高龄的他收到《共产党宣言》新的译本后,仍然如获至宝,用一天时间,欣喜地重读了一遍。

瞿秋白直到生命最后时刻,仍对自己的信仰充满自豪。他唱着《国际歌》,"向刽子手的屠刀走去,不愿屈服"。"砍头不要紧,只要主义真。"夏明翰气壮山河的就义诗,一直为人们所传诵。"慷慨登车去,相期一节全。"罗亦农在牺牲前,想到的仍然是心中的理想。

这就是坚持真理、坚守理想的力量。党走过百年峥嵘路,披荆斩棘,改天换地,靠的就是在黑暗中相信真理、为了理想从不放弃的力量。

正如习近平总书记所说的:"我们党之所以能够经受一次次挫折而又一次次奋起,归根到底是因为我们党有远大理想和崇高追求。""中国共产党为什么能,中国特色社会主义为什么好,归根到底是马克思主义行,是中国化时代化的马克思主义行。"

讲述人感悟

我是1944年生人,属猴的。1960年,我摘了红领巾3个月就来到了播音队伍。中央人民广播电台的前身是延安新华台,是延安精神哺育着我们一代又一代的播音员。

我是党的孩子,没有新中国的成立,就没有我的生命;没有中央人民广播电台播音部,就没有我的艺术生命。所以,从那个时候开始我就立志要做人民播音员。我播的这一段是建党精神,我用自己最大的努力全身心地诠释我们的建党精神,那就是坚持真理、坚守信仰。

[建党精神]

初心与恒心

● 讲述人

钟 石

1910年,17岁的毛泽东进入东山学堂学习。在这里,他借了同学一本书,写的是华盛顿、拿破仑、卢梭、林肯等人的故事。看罢,他说,"中国也要有这样的人物,我们应该讲究富国强兵之道","我们每个国民都应该努力"。

9年后,毛泽东创办《湘江评论》。他在创刊宣言中再次呼喊:"国家者我们的国家。社会者我们的社会。我们不说，谁说？我们不干，谁干？"

少时怀揣为国为民之心，这是党的先驱们共同的人生故事。他们以救国救民为己任，立志改造社会、反抗压迫、实现民族复兴。李大钊说："钊自束发受书，即矢志努力于民族解放之事业，实践其所信，励行其所知，为功为罪，所不暇计。"还有"为中华之崛起而读书"的周恩来、"匡复有吾在，与人撑巨艰"的蔡和森、"已摈忧患寻常事，留得豪情作楚囚"的恽代英，以及"为大家辟一条光明的路"的瞿秋白……正如习近平总书记所指出的："中国共产党一经诞生，就把为中国人民谋幸福、为中华民族谋复兴确立为自己的初心使命。"

这是先驱们的初心，也是他们的恒心。这是先驱们的使命，为此他们不惜付出生命。

党在创建初期，便制定旗帜鲜明的纲领：消除内乱，打倒军阀，建设国内和平；推翻国际帝国主义的压迫，达到中华民族完全独立；统一中国为真正的民主共和国。

于是，中国共产党倡导"劳工神圣"，深入工农，告诉他们为什么会"不得不过着牛马般的生活"。群众们觉醒了，怒吼道，"我们的觉悟，才是我们的命运"，"决定我们的命运，正是决定全中国人的命运"。"打倒列强除军阀"，大革命的洪流，就此汇聚。

于是，中国共产党率先吹响"为祖国生命而战，为民族生存而战"的嘹亮号角，举起抗日大旗，与全国各军队、各阶级联合抗日，洗刷百年国耻，使中华民族光荣地自立于世界民族之林。

于是，中国共产党团结全社会的爱国力量，打倒反动派，实现了民族独立和人民解放，开启了中华民族发展的历史新纪元。

"我们的生活苦闷，我们的生活枯涩，你撒给我们爱和光，我们的生命才得复活呀！"1921年12月，一位诗人听说中国共产党成立了,觉得中国共产党员"很有志气",中国还有希望,便写了一首歌颂中国共产党的诗。

百年再回首,我们看到的是,人民对党的期待,党对人民的承诺,都在一个个成为现实。正如习近平总书记所指出的:"一百年前,中华民族呈现在世界面前的是一派衰败凋零的景象。今天,中华民族向世界展现的是一派欣欣向荣的气象,正以不可阻挡的步伐迈向伟大复兴。"

建党精神

"高尚的生活，常在壮烈的牺牲中"

● 讲述人

田靖华

1923年1月，刚成立不久的中国共产党，组织了京汉铁路工人大罢工，掀起了工人运动的高潮。大罢工中，共产党员林祥谦始终战斗在第一线，与工人们同生死共患难。2月7日，他不幸被捕。军阀用刀逼他结束罢工。他拒绝，说："此事乃全路三万工人生死存亡所系"，"头可断，工不可开"。他先后被砍七刀，宁死不屈，牺牲时年仅31岁。

多年后,他的孙子说:"他是一名共产党员,他坚信只有共产党才能救中国。""就算他看不到梦想实现的那天,他也要用鲜血唤醒更多的人民,所以爷爷视死如归。"

"高尚的生活,常在壮烈的牺牲中。"翻开百年党史,我们会发现,有太多牺牲"小我"成就"大我"的斗争史。英雄们拼死一搏,就是相信,一定还有后来人。

这种不怕牺牲、英勇斗争的鲜明品格,自党成立之日,就深深烙印在中国共产党人的红色基因里。

1927年,革命走进一个特殊的年份。这一年,大革命失败了,中国共产党员由6万人锐减至1万多人,无数先烈在奋起反击中,舍生取义。就义前,他们无一例外,想到的都是继续斗争。

"杀了夏明翰,还有后来人。"夏明翰正义凛然的就义诗,激励了一代又一代中国共产党人。

"就是把邓中夏的骨头烧成灰,邓中夏还是共产党员。"邓中夏怀着革命必胜的信念,毅然走向了刑场。

"一个共产党员的牺牲,胜于千万传单,如果怕死就不要做共产党员。"陈延年宁死也不愿跪下,他的牺牲至今仍感染着青年一代。

"不管遭受多大的牺牲,多少次的失败,共产主义总有一天会在中国,在全世界成功的。我瞿秋白纵然一死,又何足惜哉!"瞿秋白在生命的最后时刻,也要向敌人发起反击。

逝者牺牲明志,生者继续斗争。一名党员倒下后,必定有千万名党员站起来、冲上去。毛泽东说:"中国共产党和中国人民并没有被吓倒,被征服,被杀绝。他们从地下爬起来,揩干净身上的血迹,掩埋好同伴的尸首,他们又继续战斗了。"

在革命战争年代,为胜利献出生命的有名可查的共产党员数以百万计。在风雨如晦的年代,他们舍生忘死的斗争意志、大无畏的英雄气概，铸就了精神丰碑，照亮了民族未来。

今天，我们远离战火与硝烟。然而，在抗洪抢险的堤坝上、在防控疫情的战役中、在祖国边疆的岗哨前、在乡村振兴的第一线，仍不断涌现出不怕牺牲的英雄、英勇斗争的先锋。黄文秀、刘智明、陈红军……他们的事迹告诉人们，共产党人总是做好了牺牲的准备，关键时刻一定会挺身而出，把危险留给自己，把安宁留给人民。

建党精神

"忠诚印寸心,浩然充两间"

● 讲述人

撒贝宁

  1927年冬,在浙江霞浦,一个青年在白色恐怖中秘密回乡,找到许久未见的父亲。他没有说太多,只是默默地将一些书交给父亲,请求他一定要珍藏好。

  父亲知道儿子是共产党员,所以他没有多问。他对外佯称儿子"早已死了",还修了一座墓,把儿子托付的东西藏在里面,日夜守护。这一守,就是20多年。

  革命胜利后,父亲登报

寻人,才知道儿子张人亚已于19年前病逝了。

老人决定,"共产党托我藏的东西,一定要还给共产党"。

人们发现,在这批冒死珍藏的文件中,有一份唯一存世的中共二大党章!

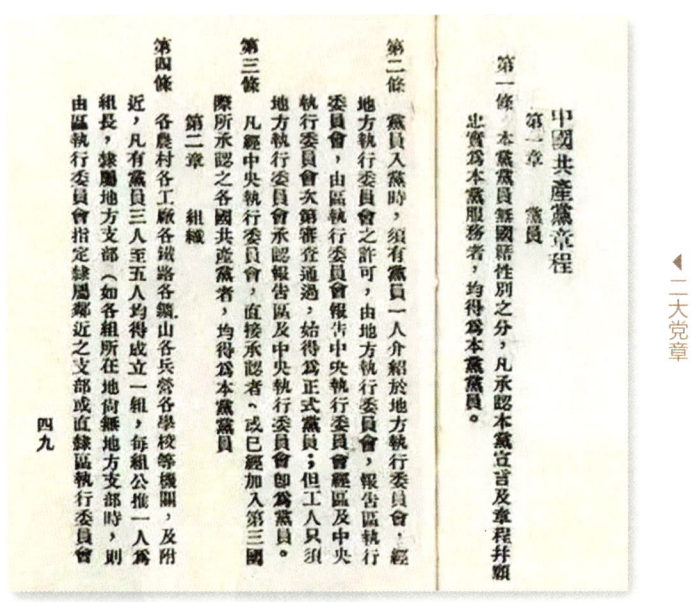

◀ 二大党章

这部党章里面,赫然写着党员的条件是"愿忠实为本党服务"。

"天下至德,莫大于忠。"1921年,中共一大代表们经热烈讨论得出结论,"承认本党党纲和政策",以及"愿成为忠实的党员",是入党的两个基本条件。

中共二大延续这一要求,并且深化,"个个党员不应只是在言论上表示是共产主义者,重在行动上表现出来是共产主义者","个个党员须牺牲个人的感情意见及利益关系以拥护党的一致"。

党的先驱们忠诚于信仰,愿勇往奋进以赴之、断头流血以从之、瘅精瘁力以成之。于是,苏兆征鞠躬尽瘁,他留下最后的遗言:"大家同心协力,达到革命的胜利!"方志敏就义前说:"敌人只能砍下我们的头颅,决不能动摇我们的信仰!"

他们忠诚于组织，认定党可以冲决历史之桎梏，涤荡历史之积秽，新造民族之生命，挽回民族之青春。于是，朱德不要高官厚禄，不远万里跑去西欧找党找真理，终得偿所愿。贺龙在革命最低潮时，还坚定地要入党，先后交了8次入党申请书。

他们忠诚于人民，相信假如生命"溶化在大众的里面"，事业就是不死的，会成为"永久的青年"。于是，李立三告诉工人"劳工不可辱"，"工"字加"人"字，就是"天"。出身大地主家庭的彭湃，献身农民运动，首先便烧了自家5300亩田地的地契。

他们的确成了"永久的青年"，他们铸就的建党精神永远不朽。

2021年6月29日，29位功勋模范党员被隆重授予"七一勋章"。仪式中，一曲《忠诚赞歌》响起，"忠诚印寸心，浩然充两间"。

习近平总书记指出："党的事业，人民的事业，是靠千千万万党员的忠诚奉献而不断铸就的。"新时代，仍然呼唤为党分忧、为国尽责、为民奉献的精神，在复兴伟业中为党和人民建功立业。

红船精神

开天辟地起航船

◉ 讲述人

康 辉

  1921年夏,浙江嘉兴南湖,一群年轻人泛舟湖上,然后他们像普通游客一样,上岸离开,只留下了一条小船。当时的人们,谁也不知道,这样一条小船却承载了一个开天辟地的大事变。
  从1840年鸦片战争开始,近代中国饱受欺凌,割地、赔款,受尽了屈辱。在《辛丑条约》中,列强提出要中国赔款白银4.5亿两,那个时候的中国有4.5亿人,那就意味着，每个人都要赔1两银子。在屈辱面前，每一个中国人都不能幸免。

为了挽救国家和民族的危亡，中国的仁人志士苦苦地探索着国家和民族的出路，尝试着种种改造中国社会的方案。太平天国、洋务运动、维新变法、辛亥革命……然而都失败了，都没能改变中国半殖民地半封建的社会性质和人民的悲惨命运。

中国迫切需要新的社会力量和先进理论，走出一条新路来。

十月革命一声炮响，给中国送来了马克思列宁主义，五四运动中工人阶级登上政治舞台，中国的先进分子从中看到了解决中国问题的出路。

1921年7月23日，夜幕悄然降临，来自全国各地的13位革命者秘密会聚在上海法租界望志路106号召开会议。他们是：上海的李达、李汉俊，北京的张国焘、刘仁静，长沙的毛泽东、何叔衡，武汉的董必武、陈潭秋，济南的王尽美、邓恩铭，广州的陈公博，旅日的周佛海，以及陈独秀指派的包惠僧。

由于会场受到了暗探的注意和法租界巡捕的搜查，最后一天的会议转移到了我们开头提到的浙江嘉兴南湖的那条游船上举行。

就在这条游船上，通过了中国共产党的第一个纲领和第一个决议，宣告了中国共产党的成立。

毛泽东说："中国产生了共产党，这是开天辟地的大事变。"

从此，中国革命的面貌焕然一新。从此，中国改换了方向。

中国共产党，不仅代表着工人阶级的利益，而且代表着中国人民和中华民族的利益，她一开始就把为中国人民谋幸福、为中华民族谋复兴作为初心和使命。

"其作始也简，其将毕也必巨。"从红船出发，走向井冈山，走向延安，走向西柏坡，走向新中国。中国共产党尝尽了艰难困苦，轰轰烈烈，英勇奋斗，由一个领导人民为夺取政权而奋斗的党，成为领导人民掌握政权并长期执政的党。

习近平总书记指出："中国产生了共产党，这是开天辟地的大事变，深刻改变了近代以后中华民族发展的方向和进程，深刻改变了中国人民和中华民族的前途和命运，深刻改变了世界发展的趋势和格局。"

一条小船，诞生一个大党。伟大的革命实践产生伟大的革命精神，这就是，开天辟地、敢为人先的首创精神，坚定理想、百折不挠的奋斗精神，立党为公、忠诚为民的奉献精神。

2017年10月，党的十九大闭幕仅一周，习近平总书记带领新一届中共中央政治局常委专程前往上海和浙江嘉兴，瞻仰上海中共一大会址和浙江嘉兴南湖红船，回顾建党历史。他说，这里是我们党梦想起航的地方，我们党从这里诞生，从这里出征，从这里走向全国执政，这里是我们党的根脉，是我们中国共产党人的精神家园。我们要结合时代特点大力弘扬红船精神。

▲《启航》画作（局部）

井冈山精神

井冈山见证不畏艰险的牺牲精神

● 讲述人

王筱磊

2021年6月的广州，突如其来的新冠疫情，牵动了无数人的心。一天，一张"广州抗疫人员雨中扛党旗冲锋"的照片，迅速在网上刷屏，网友们直呼："关键时刻，党员一定会站出来，站到队伍的最前面。"

这个场景让我们的思绪，回到90多年前的井冈山上，回到那段艰难的斗争岁月，那个"红旗到底打得多久"的问题……

井冈山是中国革命的摇篮。1927年大革命失败后，中国共产党人在黑暗中苦苦摸索。有人迷茫，有人动摇，有人逃离，有人背叛，"红旗到底打得多久"的疑问萦绕在一些人心中。危急关头，毛泽东率领秋收起义部队走上井冈山，开始创建革命根据地、开展工农武装斗争，逐步为中国革命探索出农村包围城市、武装夺取政权这样一条前人没有走过的正确道路。

那时候，国民党反动派疯狂地向井冈山发动一次又一次"进剿"和"会剿"。1928年3月和8月，根据地遭受了两次失败。

面对危难，井冈山的红军战士视死如归。腥风血雨中，先后有48000多名革命烈士献出了宝贵生命，而留下姓名的只有15744人。

中共莲花县委书记刘仁堪，在刑场上怒斥敌人，被残忍地割掉舌头，鲜血洒了一地。他用脚趾头蘸着自己的鲜血，在地上写下"革命成功万岁"之后英勇就义。

不满18岁的女战士吴月娥，不幸被俘，被迫带路去找红军指挥部。她毫不畏惧，假意答应。当走到一处悬崖峭壁旁，她突然紧紧抱住敌人的一个军官猛地跳下深涧，为革命献出年轻的生命。

井冈山小井医院，130多名重伤病员和医务人员被敌人包围，他们忍受着伤病和剧痛，用最简单的"武器"——拐杖、凳子、木棍同敌人殊死搏斗，最后力竭被俘。面对着严刑拷打，他们没有一个人泄露红军的秘密，最终一起牺牲在敌人的枪口下。

我们再来听听当时井冈山的歌谣吧。"松柴烤火千里香，穷人骨头坚如钢。死了要埋井冈山，活着就跟共产党。"这是斗争意志的坚定。"碰到敌人莫害怕，勇往杀敌不让他；断头只当风吹帽，负伤如挂大红花。"这是直面危难的从容。

在井冈山八角楼，毛泽东借着清油灯一根灯芯的微弱灯光，写下《中国的红色政权为什么能够存在？》《井冈山的斗争》两篇光辉

▲ 井冈山旗帜雕塑

著作,回答当时"红旗到底打得多久"的疑问。在总结井冈山革命斗争经验的基础上,1930年1月,毛泽东在《星星之火,可以燎原》中充满诗意地豪迈指出,"中国革命高潮快要到来"。

2016年2月,习近平总书记在井冈山考察时强调指出,井冈山时期留给我们最为宝贵的财富,就是跨越时空的井冈山精神。今天,我们要结合新的时代条件,坚定执着追理想,实事求是闯新路,艰苦奋斗攻难关,依靠群众求胜利,让井冈山精神放射出新的时代光芒。

讲述人感悟

结合我跟大家分享的关于井冈山精神的这些故事、结合我自己的日常工作、结合我看到的听到的,我更想说的是,中国共产党员总是出现在最艰苦的地方、最需要他们的时候。正是在日常生活中接触到的这些最基层的共产党员,让我们更加坚定地理解了"中国共产党员"这几个字的分量。

中国共产党的奋斗目标就是为中华民族谋复兴,为中国人民谋幸福。这不是口号,而是每一个中国共产党员、一代又一代的革命先烈,用自己的脚步,一步一步走出来的。

井冈山精神

井冈山的道路是革命的未来

● 讲述人

高 凡

　　它是站在海岸遥望海中已经看得见桅杆尖头了的一只航船，它是立于高山之巅远看东方已见光芒四射喷薄欲出的一轮朝日，它是躁动于母腹中的快要成熟了的一个婴儿。

　　这是毛泽东作为一名战略家的一番绝妙预言。他笃信的是，井冈山军民闯出来的革命新路，一定是中国革命的未来。因此，他要这样地赞美它,歌颂它。

这条道路,殊为不易。1927年9月,秋收起义爆发。起义军受挫之后,对于未来的路怎么走,发生了激烈争论。

毛泽东说去罗霄山脉,去敌人力量薄弱的农村,搞土地革命。有人不答应,说这是上山做"山大王",应该去打城市。

最后,大家还是听了毛泽东的建议。毛泽东说,靠我们这些人去攻打长沙,那就好比叫花子给龙王爷比宝呢。我们应该改变行军路线,到罗霄山脉去发展我们的革命,保存我们的力量。

罗霄山脉的中段,就是"革命的摇篮"井冈山。这里,将是中国革命这条独特的道路的起点,将是农村包围城市的起点。

过去,大部分革命者还只知道"以俄为师""以城市为中心"。去农村怎么闹革命,"这是世界各国从来没有的事"。只有毛泽东敏锐地发现,井冈山有好的群众基础,有可靠的农民武装,有易守难攻的地形,还有自给自足的经济。毛泽东坚信,生存下去,就会有发展。

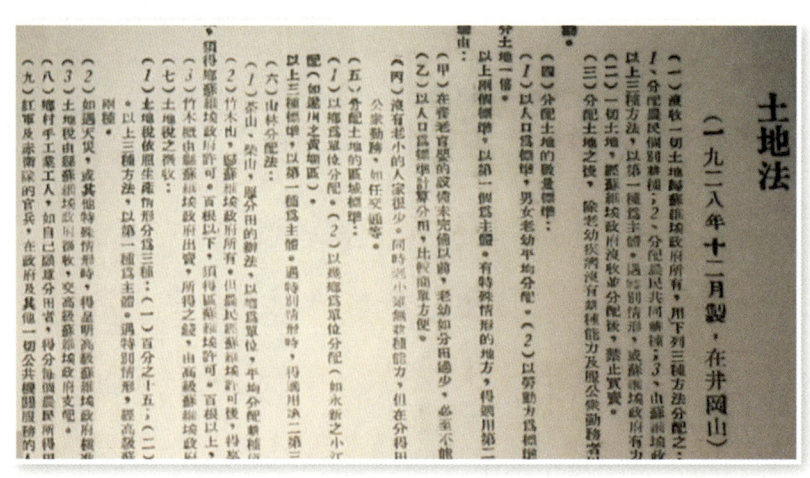

▲ 井冈山《土地法》

这条农村包围城市的道路，充满了未知的挑战与坎坷。怎么管好军队？没有经验，毛泽东创造出"支部建在连上"。怎么和敌人打游击？没有学过，他和朱德发明了"敌进我退，敌驻我扰，敌疲我打，敌退我追"，让敌人闻风丧胆。怎么给农民分田？没有分过，他便先搞试点，然后制定井冈山《土地法》。农民高兴地说："分了田和地，穷人笑哈哈，跟着毛委员，工农坐天下。"真理一旦与实际结合，果真开辟出一片天地来。

在这片红色的天地里，中国共产党把武装斗争、土地革命、建立革命政权三者结合起来，实行工农武装割据，使井冈山有了崭新的面貌。劳动人民不仅有了土地，还在政治上翻了身，获得了从未有过的平等权、参政权、婚姻自由权、劳动权、受教育权，等等。当时的普通工人谭震林、普通战士陈士榘就是通过层层推举，出任了茶陵县工农兵政府常委。人民群众实现了当家作主的愿望。他们组织起来、武装起来，成为革命的坚强后盾。这样一条革命的新路，很快在全国扩大和巩固。到1930年夏，全国已建立大小十几块农村革命根据地。以毛泽东为主要代表的中国共产党人，坚持实事求是的思想路线，在中国革命的转折关头，终于为革命胜利指明了唯一正确的道路。

习近平总书记指出，实事求是、敢闯新路，是井冈山精神的核心。道路决定命运。毛泽东带领中国人民，历经坎坷，最终在天安门城楼上，宣告中国革命取得了胜利。回首峥嵘路，革命者可以骄傲地说：这是一条中国共产党人开辟的革命新路，这是一条马克思主义中国化的必由之路。

井冈山精神

井冈山的军民鱼水情

● 讲述人

任志宏

井冈山,两件宝;历史红,山林好。

今天,如果你漫步在江西省井冈山市的大街小巷,不绝于耳的,一定是经典而熟悉的红歌。这些井冈山革命斗争时期的歌曲,穿越时空,至今依然久唱不衰。

纯真而深情的《请茶歌》,洋溢着浓浓的军民鱼水情,使得"军民同心打豺狼""革命传统永不忘"的豪迈,深深融入了井冈山人民的血脉中。

这份令人动容的军民鱼水情，开始于1927年10月24日。这一天，在井冈山西南的荆竹山上，毛泽东站在一块大石头上，对秋收起义的部队发布了三项纪律：第一，行动听指挥；第二，不拿老百姓一个红薯；第三，打土豪要归公。这就是"三大纪律、八项注意"的雏形。

中国共产党在诞生之日，就把全心全意为人民服务作为自己的宗旨。中国工农红军建军之初，"群众纪律"就是始终不变的关键词。对此，毛泽东率先垂范，事必躬亲。比如"八项注意"中有一条——借了群众门板睡觉后，要还门板。可是，有时会发生还错的情况。于是，毛泽东把"还"改成"上"字，要求战士们借完门板，不仅要还回去，而且要照原样装好。

还有人回忆，毛泽东"总是跟着后卫部队检查我们有没有上好门板，捆好铺草，问住的这家姓什么，家庭情况，烧了房东的柴没有，水缸里的水挑满了没有，地扫干净了没有。连给房东的钱放在什么地方，他都会问。他说一定要放在恰当的地方，别让别人拿走了"。

人们常说，"细微之处显真情，点滴小事暖人心"。当地群众就是通过这些小事，认识了红军，相信了红军，参加了红军。这份深厚的党群关系，曾经使得党和红军创造了以少胜多、以弱胜强的奇迹。

始终为了群众、紧紧团结群众、充分依靠群众，是井冈山革命根据地创建和发展的重要法宝。只有全心全意为人民谋利益，人民群众才会真心实意拥护我们，才能够不断地从人民群众中汇聚起磅礴力量。

井冈山时期，党和红军一开始就把"做群众工作"作为红军的三大任务之一，通过多种方式激发群众参加革命、支持革命的热情和行动，把分散的民众转化为革命斗争的重要力量。当年，井冈山上形成了鱼水相依、血肉相连的党群关系。

"夜半三更盼天明，寒冬腊月盼春风。若要盼得红军来，岭上开遍映山红。"如今在井冈山，人们依然用歌声继续着这份军民鱼水情。

古田会议精神

思想建党、政治建军：
古田会议精神永放光芒

● 讲述人

罗 旭

　　福建省上杭县古田镇，远山如黛，起伏连绵。这里坐落着古田会议纪念馆，10个陈列展厅围绕中心庭院环形分布，如同一条时空回廊，将参观者带回90多年前的那段峥嵘岁月。

　　"军叫工农革命，旗号镰刀斧头。"

　　1927年，南昌起义、秋收起义相继爆发，党领导下的工农武装建立。

　　可是，组建不久的红四

军兵员成分复杂，各种非无产阶级思想逐渐暴露。有人主张"走州过府"，放弃建设根据地；还有人主张军队只管打仗，要少谈政治，红军的党组织不要什么事都管。

如何把以农民为主体的军队建设成为一支无产阶级领导的新型人民军队，成为亟待解决的问题。

争论分歧由此产生。在1929年6月22日召开的红四军党的第七次代表大会上，毛泽东就建议总结建军以来的经验，解决争论的问题。可是，这个建议不仅没有被采纳，还在未经中央批准的情况下，改选掉了毛泽东前委书记的职务。

失去毛泽东正确领导的红四军出击东江失败，部队思想混乱，士气低迷，面临严峻考验。就在这关系到红四军生死存亡的严峻时刻，远在上海的中共中央发来了指示信。在这份字字千钧的"九月来信"中，党中央旗帜鲜明地肯定了毛泽东建立农村革命根据地的思想和建设新型人民军队的探索，并明确指出毛泽东"仍为前委书记"，奏响了古田会议的先声。

1929年12月28日至29日，古田镇溪背村。当年的会场外飘着漫天大雪，天寒地冻，而一堆堆炭火放在场内，温暖着围坐在一起的人们。红四军的各级代表120多人围坐在火堆旁仔细聆听毛泽东的阐述。他们越听越起劲，越听越激动。火堆旁回响起经久不息的掌声。

"春雷一声震天响，清风数拂天下春。"多年后，谭政大将回忆起当时的情形，依旧心潮澎湃。毛泽东一针见血地指出了红四军里存在的单纯军事观点和极端民主化的倾向，犹如一剂良方，对症下药，药到病除。

古田会议召开，总结了红军诞生以来的建设经验，纠正了红四军党内存在的错误思想。会上通过的古田会议决议确立了思想建党、

▲《古田会议》画作（局部）

政治建军的原则。

不忘初心，方能本色前行。在古田会议结束83年之后的2012年12月26日，习近平总书记在中央军委扩大会议上深刻指出，坚持从思想上政治上建设部队，是我军建设的一条基本原则，是能打仗、打胜仗的政治保证。过去我们是这么做的，现在也必须这么做。要结合新的形势和任务，努力把思想政治建设抓得更加扎实有效，永葆人民军队性质、本色、作风，确保我军永远立于不败之地。

苏区精神

烽火中吹响"红色号角"

● 讲述人

杨子楠

  1932年5月9日下午，一声枪响划过了江西瑞金寂静的天空……中国共产党反腐败历史上的"第一枪"打响了，伏法的是瑞金县叶坪村苏维埃政府主席谢步升。

  这一年6月2日，《红色中华》第21期刊出了判决书，列出了谢步升的十条罪状，包括：打土豪的财产归私有，吞没公款3000多毛……

  除了谢步升，苏区时期因贪污腐败被处决的，还有左祥云、唐达仁等。

1931年11月，中华苏维埃共和国临时中央政府在瑞金成立。为巩固新生的红色政权，保证中央苏区建设，助力革命战争，自苏维埃政权诞生之日，党和苏维埃政府就利剑高悬，高度重视反贪肃腐工作。从中央政府主席到乡苏维埃工作人员，干部们无论职位高低，都廉洁自律，和人民群众患难与共、艰苦相依。

毛泽东到铲田区调研，在区政府住宿一晚，坚持交上食宿费"大洋一元八角"；张闻天自带伙食办公。在中央领导的带领下，自带干粮成了许多苏区干部的办公习惯。当时传唱着这样一首歌谣："苏区干部好作风，自带干粮去办公。日着草鞋干革命，夜打灯笼访贫农。"

1931年12月，在瑞金创办的《红色中华》作为党的重要舆论阵地，《贪污与腐化》《奇妙的罚款》《合伙瓜分公款》……一篇篇稿

▲《红色中华》创刊号

件的刊发，为贪污腐败敲响了警钟。经济困难时，《红色中华》还发出"为四个月节省80万元而斗争"的号召，邓颖超等23人联名写信给《红色中华》，提出响应节省号召的具体做法："一，每天节省二两米，使前方红军吃饱，好打胜仗；二，今年公家不发我们热天衣服，把这些衣服给战士穿。"

清正廉洁是苏区精神的重要内涵，跨越时空，历久弥新，是新时代不忘初心、牢记使命的精神动力。党的十九大决定，在全党开展"不忘初心、牢记使命"主题教育，具体目标之一就是"清正廉洁作表率"。习近平总书记强调指出："清正廉洁作表率，重点是教育引导广大党员干部保持为民务实清廉的政治本色，正确处理公私、义利、是非、情法、亲清、俭奢、苦乐、得失的关系，自觉同特权思想和特权现象作斗争，坚决预防和反对腐败，清清白白为官、干干净净做事、老老实实做人。"

苏区精神

一心为民的执政理念

● 讲述人

罗来明

1935年,一位即将就义的共产党员,在生命的最后时刻,畅想起他热爱的人民未来会有什么样的生活。

他觉得,那时"到处都是活跃跃的创造,到处都是日新月异的进步"。他相信,"欢歌将代替了悲叹","富裕将代替了贫穷","明媚的花园,将代替了凄凉的荒地"。他预感,那时中华民族"可以无愧色地立在人类的面前"。

新时代的我们,对这些场景是熟悉的!它也是先烈们披荆斩棘换来的。

这位烈士名叫方志敏,他的牺牲和他心中"可爱的中国",永远被我们所铭记。然而,大家也许还不知道,他曾是一名出色的建设者,是闽浙赣省苏维埃政府第一任主席。

在他的领导下,闽浙赣苏区发行红色股票,实行开放的边贸政策,建立消费合作社。此外,还建立夜校、识字班,实行妇女解放,创办社会保障、卫生防疫体系。在为民造福上,闽浙赣苏区爆发出"惊人的创造力量"。毛泽东称赞这里是"方志敏式的革命根据地"和"模范的闽浙赣省"。

成就的背后,离不开一心为民的执政理念。1931年成立的中华苏维埃共和国,是中国历史上第一个全国性的工农民主政权,是党在局部地区执政的重要尝试。苏区时期,我们党战时为民打天下,执政为民治国家。苏区的山山水水,见证了中国共产党人全心全意为民服务的坚持与奋斗。

在"红都"瑞金苏区中央局的办公地,上下13间房里,不仅住着毛泽东等领导人,还住着劳苦大众、孤寡老人。干部们心中没有职务高低,只把自己当作

▲ 闽浙赣省苏维埃银行发行的股票

"人民的长工";从指挥员到战士,与老百姓一块儿苦、一块儿过,有盐同咸、无盐同淡。

毛泽东要求:"真心实意地为群众谋利益,解决群众的生产和生活的问题,盐的问题,米的问题,房子的问题,衣的问题,生小孩的问题,解决群众的一切问题。"于是,"工人增加了工资,农民分得了土地,好像解下了一种枷锁,个个都喜形于色"。

毛泽东为民挖井、朱德助农插秧收稻、周恩来给群众挑水砍柴等故事,至今仍广为传颂。苏区人民感党恩,跟党走,"把革命当作他们的生命,把革命当作他们无上光荣的旗帜",是党能够战胜强大敌人和各种困难的真正铜墙铁壁。

习近平同志指出,苏区精神"是中国共产党人政治本色和精神特质的集中体现,是中华民族精神新的升华"。抚今追昔,苏区时期党和人民的生死相依,警醒我们必须把人民放在最高位置,提高人民的获得感、幸福感。这样,才能汇聚起建设美好生活的磅礴力量。

苏区精神

从实践中来，到实践中去

● 讲述人

王音棋

1961年初，毛泽东欣喜地见到了自己遗失多年的一篇文章。这篇让毛泽东念念不忘，"到处找，找不到，像丢了小孩子一样"的文章，就是他在1930年5月写下的《调查工作》，后来更名为《反对本本主义》。

我们熟悉的"没有调查，没有发言权"就出自这里。

这并不是一个口号。写作《调查工作》的同月，毛泽东在寻乌接连开了十多天的座谈会。在和裁缝、佃农、钱粮师爷、教书先生、衙役等各行各业老百姓的交流中,他了解到了城市的商业状况,掌握了分配土地的各种情况,弄清了富农和地主的问题,提出了解决富农问题的办法。而寻乌调查并不是毛泽东在苏区做的唯一调查,才溪、兴国都留下了他现场调查的足迹。《红军第四军各级政治工作纲领》对部队各级政治部的调查研究工作作了详细的规定,每一个宣传员都有一本内容详尽的社会调查提纲,涉及地理、人口、商业、工资、价格等,面面俱到。

  求真务实的调查研究,使得党和苏维埃政府的政策日臻完善。"日穿草鞋干革命,夜打灯笼访贫农。"在中国共产党人真抓实干的努力下,贫苦农民的革命热情迸发出来,赣西南、闽西的革命斗争如火如荼,苏区如雨后春笋一般冒头,成长,连成一片。

  1931年11月,中国历史上第一个全国性的工农民主政权——中华苏维埃共和国宣告成立。上海《东方杂志》在侵略者的铁蹄下征求各界人士"梦想中的未来中国是怎样"的时候,苏区的工农群众们,已经参加了民主选举,实行了儿童义务教育,拥有了自己的"工农剧社",实行8小时工作制、婚姻自由,等等。面对国民党反动派的白色恐怖和"围剿"封锁,党和苏维埃政府以艰苦奋斗、争创一流、无私奉献的精神,团结带领广大苏区军民创造出"第一等的工作"。

  后来,由于博古、李德等脱离实际情况的"左"倾错误指挥,中央苏区第五次反"围剿"失败了。敌人在苏区进行着"茅草过火,筷子过斩"的疯狂屠杀。面对敌人实行的血雨腥风,苏区军民怀着"星星之火,可以燎原"的信念,坚信中国革命必然胜利,慷慨赴死、从容就义,为共产主义信仰而奋斗、而献身。江善忠咬破手指写下"死到阴间不反水,保护共产党万万年";大庾县青菜街上,刘伯坚"带镣长街行",却"志气愈轩昂";新县方湾村,老百姓用泥巴和茅草遮盖墙上的"中华苏维埃土地法",保护着土地法令墙……终于迎来了新中国的太阳。

习近平总书记指出:"坚定信念,就是坚持不忘初心、不移其志。"他强调指出,井冈山精神和苏区精神,承载着中国共产党人的初心和使命,是砥砺我们不忘初心、牢记使命的不竭精神动力;要把井冈山精神和苏区精神继承和发扬好,教育引导广大党员、干部自觉做共产主义远大理想和中国特色社会主义共同理想的坚定信仰者和忠实实践者。

长征精神

革命理想高于天

● 讲述人

李佳明

　　风雨侵衣骨更硬，野菜充饥志越坚；官兵一致同甘苦，革命理想高于天。

　　熟悉红色经典的朋友都知道这是红色经典音乐史诗《长征组歌》中的一段歌词，它生动地再现了当年红军长征的艰难历程。尽管《长征组歌》创作于将近60年前，但每当听到这激昂的歌声，依然让人热血沸腾、心潮澎湃。

长征历时之长、规模之大、行程之远、环境之险恶、战斗之惨烈，在中国历史上绝无仅有，在世界战争史乃至人类文明史上也是极为罕见的。

人们不禁要问，中国共产党人和红军将士是靠什么完成这一惊天动地的革命壮举的？

长征是一次理想信念的伟大远征。红军将士视死如归、向死而生、一往无前，靠的是理想信念。

长征途中的湘江战役常常被人们提起，因为湘江战役是长征途中的壮烈一战，也是关系中国革命生死存亡的重要一战。面对数倍于我军的国民党军的重兵包围、猛烈进攻，红军将士寸步不让、顽强战斗。担任掩护任务的红三十四师，与敌鏖战4天5夜后，全师

▲《红军师长陈树湘》画作（局部）

6000多名将士大部分壮烈牺牲。师长陈树湘腹部中弹，不幸被俘。途中陈树湘趁敌人不备，忍着剧痛，从伤口处掏出肠子，用力绞断，献出了年仅29岁的生命，实现了他生前许下的"为苏维埃新中国流尽最后一滴血"的铮铮誓言。还有红五团的政委易荡平，在一次阻击战中身负重伤，为了避免被俘，他让警卫员对自己开枪，警卫员不忍，他便夺过警卫员的枪，对自己扣动了扳机……

也许您不知道，参加长征的大部分战士都来自南方，他们衣着单薄，有的人甚至没见过下雪。四川西部藏区的雪山区域海拔高、气温低、人烟稀少，红军凭着坚定理想信念的支撑，在一个月的时间里翻越了夹金山、梦笔山、长板山、仓德山、打古山五座被认为是生命禁区的雪山。

回望整个长征路，英雄的红军一路向前、至死不渝，血战湘江、四渡赤水、巧渡金沙江、强渡大渡河、飞夺泸定桥、鏖战独树镇、勇克包座、转战乌蒙山，击退了上百万穷凶极恶的追兵阻敌，征服空气稀薄的冰山雪岭，穿越渺无人烟的沼泽草地，纵横10多个省，靠的就是理想信念的力量。

理想信念是中国共产党人的精神支柱。习近平总书记指出："伟大长征精神，就是把全国人民和中华民族的根本利益看得高于一切，坚定革命的理想和信念，坚信正义事业必然胜利的精神。"

艰难可以摧残人的肉体，死亡可以夺走人的生命，但没有任何力量能够动摇中国共产党人的理想信念，长征的胜利是中国共产党人理想信念的胜利。

2021年，建党百年之际，平均年龄74岁的清华校友合唱了一首歌曲——《少年》，火遍网络。歌中唱道"我还是从前那个少年，没有一丝丝改变，时间只不过是考验，种在心中信念丝毫未减。眼前这个少年，还是最初那张脸，面前再多艰险不退却，say never never give up, like a fire"。

只要心中有信念，怀抱对理想的执着追求，我们就有了永葆青春的生命力量，就有了勇往直前的强大力量，就能战胜新时代长征路上的一切困难。

讲述人感悟

我是出国留学回来以后递交的入党申请书。在这样一个好的时代，我不想做旁观者，我要做参与者，这是我入党申请书中最核心的内容。在留学期间，我能看到、感受到我们祖国面临的很多机遇和挑战。在那个时候我就告诉自己：你是中国人，你就要参与其中。而参与其中的主流、主力军就是中国共产党员。这是我对《非凡百年》的理解。

今天这个故事的主题叫理想信念。可能你平时会觉得理想信念很抽象，但是当有陈树湘师长，当有易荡平政委，你会感同身受，这是一种人性中可贵的、在任何时代都让人感到尊敬的精神。这种精神就是理想信念。今天我们再提长征精神，长征是一段过往的历史，但是长征精神一点儿也没有过时，因为在长征这段历史中体现了一种中国人的精神。我们每个中国人的骨子里面都有一棵精神大树，这棵由十几亿中国人精神凝聚起来的参天大树，要想撼动是很难的。

长征精神

雄关漫道真如铁

● **讲述人**

陈智鹏

熟悉毛泽东诗词的朋友都知道，长征时期是毛泽东诗词比较高产的一段时期，他写下了很多脍炙人口的名篇，像《忆秦娥·娄山关》《七律·长征》《念奴娇·昆仑》《清平乐·六盘山》等。

这些诗词中的许多名句，今天我们很多人都能熟练背诵，如"雄关漫道真如铁，而今迈步从头越""五岭逶迤腾细浪，乌蒙磅礴走泥丸""金沙水拍云崖暖，大渡桥横铁索寒""不到长城非好汉,屈指行程二万"。

这些诗句,不仅记录了长征路上红军走过的艰险足迹,更极大彰显了中国共产党人和广大红军将士不怕困难、勇于牺牲的精神品质。

长征路上,党和红军经历了生与死的考验。红军将士同敌人进行了600余次战役战斗,跨越近百条江河,攀越40余座高山险峰,其中海拔4000米以上的雪山就有20余座,穿越了被称为"死亡陷阱"的茫茫草地,用顽强意志征服了人类生存极限。红军将士上演了世界军事史上威武雄壮的战争活剧,创造了气吞山河的人间奇迹。

红军过雪山草地时,红三军团某连队的9个炊事员,为了让战士喝上水、吃上饭,每天安灶、劈柴、做饭,每天晚上几乎只能睡两三个小时。他们不顾轻装的命令,坚持负重60到70斤,锅里还装着米和其他食物。

一天早上,一个炊事员挑着行军锅,走着走着,身子一歪倒下,一声不响地牺牲了。正午,部队休息,炊事班赶忙支锅烧鲜姜辣椒汤。汤烧开了,刚刚接过行军锅的另一位炊事员,才把辣椒汤送给战士,自己就一头栽倒在地上,停止了呼吸。后半夜,炊事班班长

▼《雪山壮歌》画作(局部)

老钱不顾自己发高烧，悄悄爬起来为同志们烧开水，也牺牲在自己的岗位上。进入草地后，为使全连同志有热水喝，有热水烫脚，他们轮流挑着那口沉重的铜锅。一个炊事员倒下了，又一个炊事员含泪挑起锅继续走下去。这样，一个接一个地倒下去，连队到达陕北时，炊事班9个炊事员全部牺牲了。但是，在最艰苦的长征中，这个连队的战士，除战斗减员外，没有一人因饥饿牺牲。

长征是用鲜血和生命走完的。"在红一方面军二万五千里的征途上，平均每300米就有一名红军牺牲。"习近平总书记说，"长征这条红飘带，是无数红军的鲜血染成的。"

习近平总书记指出，伟大长征精神就是"为了救国救民，不怕任何艰难险阻，不惜付出一切牺牲的精神"。

"红军都是钢铁汉，千锤百炼不怕难。"长征路上的苦难、曲折、死亡，检验了中国共产党和红军的精神和意志，向世人证明了中国共产党人和红军将士是无所畏惧、坚不可摧的。

面向未来，我们还有许多"雪山""草地"需要跨越，还有许多"娄山关""腊子口"需要征服，要发扬英雄的红军不畏艰险、敢于牺牲、奋斗到底的精神，走好新时代的长征路。

▼《红军过草地》画作（局部）

长征精神

军民一家得胜利

● 讲述人

黄 薇

什么是共产党？共产党就是自己有一条被子，也要剪下半条给老百姓的人。

说这句话的是一位名叫徐解秀的瑶族老人。1934年底，长征途经湖南汝城县沙洲村，3名女红军寄宿在徐解秀家里，临走的时候，见徐解秀家很苦，屋里只有一堆烂棉絮，就把她们仅有的一条被子剪下半条，留给了徐解秀。后来，徐解秀说了这句话，向我们深刻诠释了什么是共产党。

2020年9月，习近平总书记在湖南考察期间，专程去了一趟"半条被子的温暖"专题陈列馆参观，他说，"半条被子"的故事充分体现了中国共产党的人民情怀和为民本质。

这样的故事在长征途中还有很多很多……

红军战士谢益先把自己仅剩的一袋粮食，送给了在饥饿死亡线上挣扎的母子三人，母子三人得救了，而谢益先却因饥饿长眠在长征途中的草地上。

江西于都老乡钟伦扬，为不让"红军锅"落入敌手而不惜冒险，连锅带人被敌人子弹打中，那口带枪眼的行军锅现收藏于中央红军长征出发纪念馆。

红军途经宁夏西吉时，教当地群众制作粉条，"红军粉"成了"致富粉"，那把用过的粉勺现陈列在将台堡三军会师纪念馆。

"红军粮""红军桥""红军楼""红军树""红军锅"……这些简单的名字，饱含着军民一家的深情。

"半条被子""一条棉裤""一盏马灯""一张借据""两个红薯"……这些简单的物品，见证了军民水乳交融的故事。

一部红军长征史，就是一部反映军民鱼水情深的历史。回望长征路，毛泽东动情地说，红军是民众的军队，民众无微不至地支持红军……

长征是宣言书，长征是宣

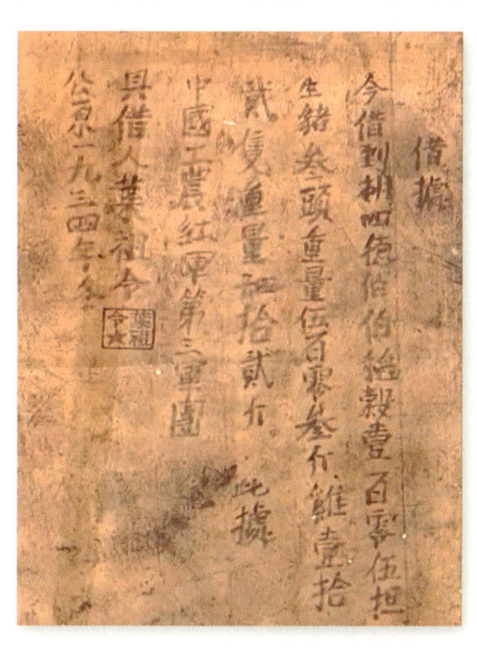

▲ 红军借据

传队,长征是播种机。从共产党和红军的点滴行为中,老百姓深刻认识到,中国共产党是为人民谋利益的党,红军是人民的军队,党和红军的路就是自己翻身得解放的路。

伟大长征精神,就是紧紧依靠人民群众,同人民群众生死相依、患难与共、艰苦奋斗的精神。

走过今天的长征路,要继续弘扬伟大长征精神,把人民放在心中最高位置,坚持一切为了人民、一切依靠人民,为让人民过上更加美好的生活而矢志奋斗。

讲述人感悟

我非常有幸曾经在一些电影、电视剧当中扮演邓颖超。其中拍摄《长征》这部戏时,过草地环节所用的场地是当年红军战士真正走过的草地。当时是冬天,水面上结了薄薄的一层冰,我跳下去,尽量准确地再现当年邓妈妈掉进沼泽的细节。前后大概也就30分钟的时间,我已经被冻得上下牙打战、身体摆动,完全不能自制。我当时就在想,当年如邓颖超一般的红军战士是什么感受呢?他们依然要穿着湿漉漉的衣服,顶着寒风、受着饥饿,艰苦地前行。

当你真正重走了长征路,再去回想我们在教室里,老师跟我们说,我们今天的幸福生活是来之不易的!我们的党是怎样的伟大!你会有更加真切的感受。红军精神真是要代代相传,我们应该让更多的年轻人去了解这段历史,真正地去感悟红军长征精神的伟大。

长征精神

步调一致向前进

● 讲述人

潘 涛

"上门板,捆禾草,房子扫干净,借物要送还,损坏要赔银……"1935年1月,在《红军纪律歌》的歌声里,遵义习水县的老百姓迎来了红军的三路主力。这支因为长途行军而显得有些疲惫的队伍,确实像传说中的一样纪律严明,不随意进入民房,不白吃老百姓的食物。习水县街上卖碗儿糕的小贩感叹:"一辈子没看到过这样好的军队。"

"加强纪律性,革命无不胜。"红军在前有强敌、后有追兵,腹内无食、身上有伤的艰苦条件下依旧坚持执行铁的纪律,赢得了群众"军民如一人"的信任,锻造了一支铁的队伍。

党的纪律是多方面的,最重要、最根本、最关键的是什么?《红军纪律歌》第一句,"红军纪律真严明,行动听命令,不敢乱胡行",说的就是全部纪律的基础——政治纪律。这是维护党的团结统一的根本保证。

红军在长征途中时刻面临着敌人的围追堵截,正是最需要团结的时候。张国焘却在红一、红四方面军会师后挟兵自重,对抗中央北上决议。为了顾全大局,周恩来主动提出将他原任的红军总政委的职务改由张国焘担任,并嘱咐调去红四方面军工作的同志:"不但要把分内工作做好,更重要的是要顾全大局,做好两军的团结。"

面对张国焘变本加厉的分裂活动,叶剑英周密果断,及时向中央传递信息;朱德沉着从容,"我是共产党员,我的义务是执行党的决定"。

▲《三大主力会师》画作(局部)

在朱德、刘伯承、任弼时、贺龙等对张国焘的分裂行为的坚决斗争下，在徐向前等红四方面军广大干部、战士的支持下，红四、红二方面军终于共同北上，实现了红军三大主力会师，标志着红军长征的胜利结束。

红一方面军到达陕北后，与陕甘根据地的红十五军团会合。军团长徐海东考虑到"中央红军刚到，困难比我们多"，号召军团干部从人员和物资上支援中央红军，抽出枪支、弹药、衣物、药品等送给中央红军。所有的战士都积极地擦洗枪支、洗补衣物，许多人还把自己的羊皮袄拿出来送给中央红军过冬。由于物资缺口比较大，入冬的时候，毛泽东向徐海东借2000现洋解决中央红军的吃饭穿衣问题。红十五军团毫不犹豫地从仅有的7000现洋中拿出5000（现洋）送给中央红军，帮助他们过好来陕北的第一个年。

中国共产党是靠革命理想和铁的纪律组织起来的马克思主义政党，纪律严明是党的光荣传统和独特优势。习近平总书记指出："旗帜鲜明讲政治、保证党的团结和集中统一是党的生命，也是我们党能成为百年大党、创造世纪伟业的关键所在。实践证明，只要全党团结成'一块坚硬的钢铁'，就能够把全国各族人民团结起来，形成万众一心、无坚不摧的磅礴力量，战胜一切强大敌人、一切艰难险阻。"面向未来，走在新时代的长征路上，更要进一步增强党的团结和集中统一，确保全党步调一致向前进。

遵义会议精神

坚持走独立自主道路

● 讲述人

侯丰

判断一辆汽车性能的好坏,关键看发动机。发动机是核心要件,是汽车的"心脏"。

一辆车是这样,一个政党、一支队伍也是如此。领导核心如同人的心脏和汽车的发动机,支撑着一个政党、一支队伍的生命力,关系到行进方向、战斗力量甚至前途命运。

中国共产党的历史上,也有一次涉及领导核心"转换"、关乎生死存亡的重大事件——遵义会议。

1934年10月,由于"左"倾教条主义的错误指挥,红军第五次反"围剿"失败,党中央被迫率领红军主力离开中央苏区,开始长征。

1935年1月,经过极为艰苦的突围和行军,红军到达黔北重镇——遵义。这时,蒋介石摸不清红军去向,命令遵义周围部队警戒待命。这给中央红军的休整提供了条件。

这是红军长征以来非常宝贵的一次休整。虽然只有十几天的时间,但却为党和红军总结教训、反思错误、作出改变创造了机会。

1935年1月15日至17日,中央政治局在遵义召开扩大会议,史称"遵义会议"。会议指出了博古、李德在军事指挥上的错误,结束了"左"倾教条主义错误在中央的统治,确立了毛泽东同志在红军和党中央的领导地位。

遵义会议后,在毛泽东正确指挥下,红军重整旗鼓,采取高度灵活的战略战术,四渡赤水,巧渡金沙江,成功甩掉蒋介石数十万部队的围追堵截。

遵义会议是中国共产党独立自主地运用马克思主义理论解决中国革命问题的开始,在极端危急的历史关头,挽救了党、挽救了红军、挽救了中国革命。

2015年6月,在遵义会议召开80周年之际,习近平总书记前往贵州考察,首站就来到遵义。他走到周恩来、朱德等老一辈革命家住过的房间和遵义会议会议室,在遵义会议参会人员照片前久久凝视,听取讲解。习近平总书记指出,遵义会议作为我们党历史上一次具有伟大转折意义的重要会议,在把马克思主义基本原理同中国具体实际相结合、坚持走独立自主道路、坚定正确的政治路线和政策策略、建设坚强成熟的中央领导集体等方面,留下了宝贵经验和重要启示。我们要运用好遵义会议历史经验,让遵义会议精神永放光芒。

2021年2月3日,在全党即将开展党史学习教育之际,习近平总书记再次来到贵州,谈到遵义会议和遵义会议精神,习近平总书记强调指出,遵义会议的鲜明特点是坚持真理、修正错误,确立党中央的正确领导,创造性地制定和实施符合中国革命特点的战略策略。这在今天仍然具有十分重要的意义。从长征精神和遵义会议精神中,深刻感悟共产党人的初心和使命,落实新时代党的建设总要求,走好新时代的长征路。

▲《遵义会议》画作(局部)

延安精神

十万将士出抗大

● 讲述人

海 霞

在党的历史上，有这么一所大学，它条件简陋、环境危险，没有教室用，没有大米吃，每天都要担心日寇飞机的轰炸。可是，它的教师却乐观地说："没有大米便吃小米，没有教室就在露天讲，就是天下第一，因为全世界没有我们那样好，空气最好。"这所大学在延安，名叫中国抗日军政大学，简称抗大。而这位风趣的教师，就是毛泽东。

七七事变后，日军大举侵华。那时的延安，在大批忧心天下、报国无门的青年人心中，成为革命的圣地。他们如同迷失航向的小船，在茫茫大海中见到灯塔，便不畏艰险，飞驰而去。

一路上，除了道路崎岖、风餐露宿，等待他们的，还有国民党的阻挠、日伪军的抓捕。很多人因此付出了生命的代价。后来毛泽东说，进抗大没有考试，大家通过敌人的封锁线来到延安，这是最好的考试。

毛泽东亲自担任了学校的教育委员会主席，经常到抗大讲演。今天在中央档案馆里，还保留着毛泽东在抗大的26篇讲话记录稿。他的这些讲话，深入浅出，生动活泼，用精辟的语言讲清楚了很多中国革命的基本问题。他诙谐地对学生说，你们是过着石器时代的生活，学习当代最先进的科学——马克思列宁主义。

同时，毛泽东还教育大家，马克思列宁主义必须与中国革命实际相结合，中国的问题必须根据国情，独立自主地制定策略和政策。著名的《中国革命战争的战略问题》《实践论》《矛盾论》，都是他的授课内容。他说："马克思列宁主义并没有结束真理，而是在实践中不断地开辟认识真理的道路。""只有千百万人民的革命实践，才是检验真理的尺度。"

思想的转变是根本的转变。抗大的学生在学习中成长，在实践中锻炼，在政治上日趋成熟，特别是正确认识了实事求是的思想路线。学习，是中国共产党与生俱来的鲜明品质。延安时期的全党学习教育活动是党成立以来第一次大范围深入系统的马克思主义理论学习运动，通过广泛开展党史学习、理论学习，克服教条主义，确立了实事求是的思想路线，使全党在思想上达到空前统一，为革命最终胜利奠定了重要基础。

延安精神

全心全意为人民服务

● 讲述人

沙 桐

"人固有一死,或重于泰山,或轻于鸿毛。"为人民利益而死,就比泰山还重;替法西斯卖力,替剥削人民和压迫人民的人去死,就比鸿毛还轻。

这段话,想必每一个人都耳熟能详,它出自《毛泽东选集》中的著名篇章《为人民服务》。这是1944年9月8日,毛泽东在延安举行的张思德同志追悼会上发表的即兴演讲。

那一年的9月5日,延安的一名普通战士张思德牺牲了。在执行烧炭任务时,炭窑突然坍塌,他的生命永远停留在了那一刻。那一年,张思德29岁。

毛泽东得知此事后,心情十分悲痛,提出要为张思德开追悼会。3天后的9月8日下午,追悼会开始了,延安各界到会者千余人。毛泽东缓步登台,怀着沉痛的心情详细讲述了为人民利益而牺牲的伟大意义。这一讲话后来被命名为"为人民服务"。

革命战争年代,牺牲的事情时有发生,张思德并不是牺牲在枪林弹雨的战场上,也没有更多惊天动地的事迹,为何毛泽东要提出为这名普通的战士开一场追悼会?他的牺牲又为何在毛泽东眼中重于泰山呢?其实,毛泽东正是想通过对张思德的褒扬,大力弘扬全心全意为人民服务的精神,向无数为中国革命事业、为人民解放作出贡献的英烈们致敬。

▼《张思德》画作(局部)

"水可以没有鱼,鱼不能没有水。""我们共产党人好比种子,人民好比土地。我们到了一个地方,就要同那里的人民结合起来,在人民中间生根、开花。"这是毛泽东对党群关系的生动描述与深情诉说。

在今天的延安,依然流传着这样一首歌谣:"瓜连的蔓子,蔓子连的根。老百姓连的共产党，共产党连的人民。"什么是延安精神？这就是延安精神。将"蔓子"扎根于人民群众的广阔沃土之中，才能汲取用之不竭的养分，才能得到最广大人民的衷心支持与拥护。

新时代的中国共产党人，正继续在这条为人民服务的道路上前赴后继、昂首阔步。牺牲在扶贫一线的黄文秀，牺牲在祖国边境的陈祥榕，以及无数正在平凡岗位上默默奉献的人们，他们就是新时代的"张思德"。

唯有不忘初心，方可告慰历史、告慰人民。以为人民服务为代表的延安精神正是广大党员滋养初心、淬炼灵魂的宝贵财富。

此刻，让我们再一次重温毛泽东在《为人民服务》中的铿锵话语："我们想到人民的利益，想到大多数人民的痛苦，我们为人民而死，就是死得其所。"

白求恩精神

英雄不曾远去

● 讲述人

朱 迅

年少时，我读白求恩，很难相信世上会有这样无私利人的医生；入职后，我读白求恩，憧憬成为他那样的人；抗疫时，我读白求恩，激起我的责任担当。白求恩，中国医路上的榜样力量。

这是一名来自浙江温州的医生，一名共产党员，2020年在武汉抗疫前线写下的感悟。

2020年初，新冠疫情突然袭来。在党的坚强领导和全国人民支持下，数万白衣战士和湖北人民一道，用3个月时间控制住疫情蔓延。无数医务人员用牺牲和奉献，诠释了新时代的白求恩精神。或许，他们中有人，在救死扶伤的某个瞬间，会想起毛泽东赞扬白求恩的话："一个高尚的人，一个纯粹的人，一个有道德的人，一个脱离了低级趣味的人，一个有益于人民的人。"

▲ 白求恩

白求恩，是一个时代的英雄符号。他早年在加拿大行医，后参加共产党，投身世界反法西斯斗争。1938年，他来到中国抗日最前线——晋察冀根据地，把手术台搬到了离火线最近的地方。

白求恩医术高明，他对工作极端负责、对同志对人民极端热忱、对技术精益求精。他将现代献血观念普及到根据地群众中，组建"群众血库"保障伤员需要。他曾说："对待伤病员，哪怕是百分之零点一的希望，我们也决不能放弃。"

白求恩精神就是国际主义精神，就是毫不利己、专门利人的共产主义精神。他在感染致命病菌后，自知将无力工作，就对助手说："凡是头部、胸部受伤的伤员要首先抬来治，即使我睡着了，也要把我叫起来。"

1939年11月，白求恩牺牲在抗日前线。他留下遗言："我在这里十分快乐，我唯一的希望就是能够多有贡献。"

中国人民永远不会忘记白求恩，也不会忘记同时代的马海德、柯棣华、巴苏华、米勒等援华国际友人。无数人践行白求恩精神，用实际行动诠释着白衣战士的高尚情怀。

1963年以来，我国先后向需要帮助的国家派出援外医疗人员数万人次，累计诊治患者数亿人次，为受援国培训了大批医务人员，留下了一支"不走的中国医疗队"。

为抗击新冠疫情，中国积极分享防控和救治经验，向80多个有急需的发展中国家提供疫苗援助，还与非洲建立了41个对口医院合作机制。大批中国医生，为弘扬白求恩精神作出榜样。正如习近平总书记所说："中国以实际行动帮助挽救了全球成千上万人的生命，以实际行动彰显了中国推动构建人类命运共同体的真诚愿望！"

2020年3月3日，在中国抗击新冠疫情最吃紧的日子里，迎来了白求恩诞辰130周年纪念日。河北一所小学的孩子，以抗疫中殉职的英雄院长的名字，命名了一支少先队中队——刘智明中队。

这是令人无比欣慰的场景。英雄的身影不曾远去，英雄的事业后继有人！

抗战精神

同仇敌忾 共赴国难

● 讲述人

刘仲萌

1937年9月，淞沪会战战事激烈，全国形势告急。数千里外的四川，数十万川军请缨，万里赴戎机。

在四川安县，有一位名字叫作王建堂的青年，拉起一支170余人的队伍，准备上前线杀敌。他向老父亲辞行，父亲没有过多的叮嘱，只是寄来一面用白布制成的大旗。

旗上，写着一个大大的"死"字，旁边还有几行小字:"国难当头,日寇狰狞,国家兴亡,匹夫有分……赐旗一面,时刻随身,伤时拭血,死后裹身。勇往直前,勿忘本分。"

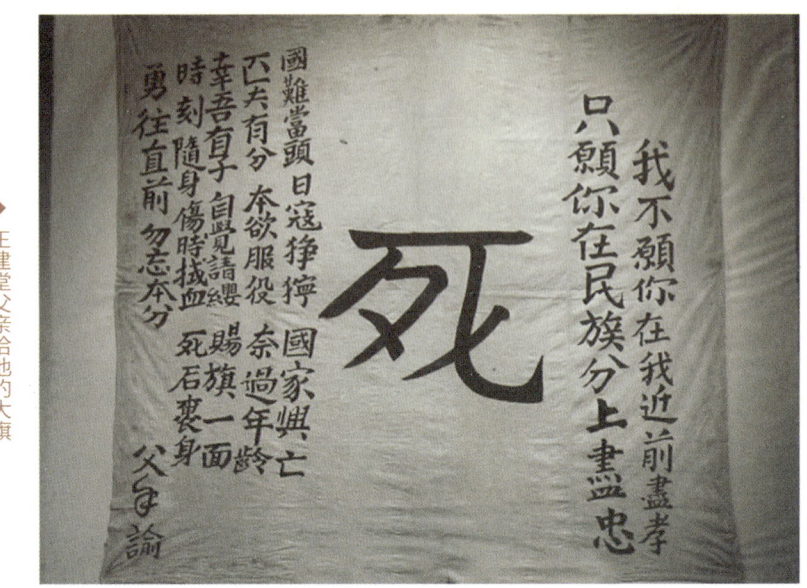

▶ 王建堂父亲给他的大旗

古来征战几人回。父母对待游子,从来都是"临行密密缝,意恐迟迟归"。但是,国难当头,"中华民族到了最危险的时候",所有有血性的中国人,"被迫着发出最后的吼声"。不愿做奴隶的人们,选择了"万众一心,冒着敌人的炮火前进"。

当时,有报纸社评这样写道:"今天南北战场上,是争着死,抢着死,因为大家有绝对的信仰,知道牺牲自己,是换取中华民族子子孙孙万代的独立自由,并且确有把握,一定达到。""争着死,抢着死",换来的是"把我们的血肉筑成我们新的长城"。无数先烈,从祖国各地奔赴抗日前线,共赴国难,用鲜血和生命诠释了伟大的抗战精神。淞沪之战,中国军队在3个月里,几乎是每天损失一个师。台儿庄大捷当中,滇军有一个营,千里迢迢从云南赶来,"捐躯赴国难",500人牺牲了499人。真正是一寸河山一寸血!

在中国共产党的积极努力和推动下，以国共两党合作为中心，中国各族人民、各民主党派、各爱国军队、各阶层爱国人士以及海外华侨的抗日民族统一战线终于发展起来。在这个旗帜下，全国人民团结一致，开始了中国近代以来空前规模的民族革命战争。

毛泽东指出，抗日战争"促进中国人民的觉悟和团结的程度，是近百年来中国人民的一切伟大的斗争没有一次比得上的"。为了救国，学术界、教育界、宗教界、妇女界，都建立了抗日救亡组织。工商界人士，捐赠物资，搬迁企业，以支持长期抗战。海外华侨，募捐筹饷，回国参战，支援祖国。1000多公里的滇缅公路，是26个民族几十万妇孺老幼，用9个月时间，肩挑手扛，拼命修成的。还有华北平原的中华儿女，积极配合八路军伏击战、破袭战、地雷战、地道战、麻雀战等游击战的战术战法，演绎出"村自为战、人自为战、无处不战、无时不战"的场景，使侵略者陷入人民战争的汪洋大海。

习近平总书记深刻指出："全民族抗战是中国人民抗日战争胜利的重要法宝。""中国人民抗日战争胜利是全民族抗战的胜利，是全体中华儿女的荣光！"伟大的抗战精神，在新时代，仍是激励中国人民克服一切艰难险阻、为实现中华民族伟大复兴而奋斗的强大精神动力。

讲述人感悟

今天我和大家分享的主旨是抗战精神，其中有一句话让我特别有感触，那就是，大家"争着死，抢着死"，为了换取中华民族子子孙孙万代的独立自由。

为什么我会对这段话感受这么深刻？因为它让我想起了我去上海解放

纪念馆的采访经历。在采访之前,我在那个场馆里面绕,看到了一面墙,背后刻着将近8000位为上海解放而牺牲的烈士的名字,但是在这个墙的中间有一块空白的地方,没有任何名字,只写着4个字"无名烈士",我们连他们的名字是什么都不知道。

当时,一位讲解员老师说的一段话,也让我记忆深刻。他说,你看牺牲的这些人,当时牺牲的时候可能是20岁出头,但是谁不是爹生娘养的?国难当头,浴血奋战,英雄无我,守我河山,这是一种什么样的精神?这种精神当然要传承下去。

所以,今天跟大家分享时,我忽然就想起了大概两年前的这些采访经历,以及我看到的、感受到的抗战精神,它应该被传承下去。

抗战精神

诞生在抗日前线的战歌

● 讲述人

杨 光

我们都是神枪手,每一颗子弹消灭一个敌人,我们都是飞行军,哪怕那山高水又深。相信很多人对这首歌——《游击队歌》并不陌生,它是一首创作于80多年前、传唱在抗日战场上的歌曲。

这首抗日战歌的词曲作者叫贺绿汀。1937年全面抗战爆发后,贺绿汀怀着对侵略者的仇恨,参加了上海文化界抗日救亡演剧队,奔赴各地宣传抗日。

在山西抗战前线,贺绿汀对游击战产生了兴趣,被中国共产党领导的人民军队深深打动。他心潮激荡,伏身在炕桌上,就着一盏油灯,连夜创作了这首《游击队歌》。

在八路军一次会议上,贺绿汀指挥演剧队首次演唱了这首歌。因为当时缺少乐器,演剧队一位队员吹着口哨完成了伴奏。这次演唱获得巨大成功,朱德总司令等八路军将领给予了高度评价。

《游击队歌》一改进行曲惯用的雄伟、豪迈曲调,采用轻快活泼的风格,歌词轻松诙谐,既生动刻画了游击队员机智灵活、勇敢顽强的形象,又展现出游击队员英勇无畏的革命乐观主义精神,很多将士唱着这首歌走上抗日战场。

《游击队歌》曲谱

毛泽东亲切接见了贺绿汀,对他说:"你的《游击队歌》写得很好啊,你为人民做了好事,人民不会忘记你的。"

《游击队歌》等诞生在抗日前线的战歌,是中华民族的精神之歌,是中国人民意志和力量的强烈宣示。

在中国共产党倡导建立的以国共合作为基础的抗日民族统一战线旗帜下,全国人民义无反顾投身到抗击日本侵略者的洪流之中。

在艰苦卓绝的抗战中，全体中华儿女为国家生存而战、为民族复兴而战、为人类正义而战，社会动员之广泛，民族觉醒之深刻，战斗意志之顽强，必胜信念之坚定，都达到了空前的高度。

杨靖宇、赵尚志、左权、彭雪枫、佟麟阁、赵登禹、张自忠、戴安澜等殉国将领，八路军"狼牙山五壮士"、新四军"刘老庄连"、东北抗联八位女战士等众多英雄群体，就是千千万万抗日将士的杰出代表。中国人民以铮铮铁骨战强敌、以血肉之躯筑长城、以前仆后继赴国难，谱写了惊天地、泣鬼神的雄壮史诗。

中国人民在抗日战争的壮阔进程中孕育出伟大抗战精神，向世界展示了天下兴亡、匹夫有责的爱国情怀，视死如归、宁死不屈的民族气节，不畏强暴、血战到底的英雄气概，百折不挠、坚忍不拔的必胜信念。伟大抗战精神，是中国人民弥足珍贵的精神财富，将永远激励中国人民克服一切艰难险阻、为实现中华民族伟大复兴而奋斗。

讲述人感悟

《游击队歌》展现了游击队员英勇无畏的革命乐观主义精神，也展现了游击队员机智灵活的作战风格。

我想跟大家分享一个真实的故事，我姥爷的故事。我姥爷是黑龙江省密山人，是早期的东北抗联战士。现在密山县这个地方还都是原始森林，大家可以想象在80多年前，这些东北抗联战士们身穿破旧的棉袄，在零下几十（摄氏）度的冬天，在恶劣的环境中去抗击日本侵略者……

今天在我讲述的故事当中有这样一句话："在艰苦卓绝的抗战中，全体中华儿女为国家生存而战、为民族复兴而战。"这不是一句空话。当时我姥爷一家三个兄弟，活到抗战胜利之后的只有我姥爷一个人。全体中华儿女为了抗战的胜利付出了巨大的牺牲。我希望每一个年轻的朋友都能够好好地珍惜今天来之不易的幸福生活。

抗战精神

《晋察冀日报》：不倒的旗帜

● 讲述人

康 辉

1941年秋，日寇集中兵力，向我晋察冀根据地的狼牙山区大举进犯。当时，七连奉命在狼牙山一带坚持游击战争……

这段文字可能很多朋友都很熟悉，它选自人教版小学六年级语文课本里的一篇课文：《狼牙山五壮士》。在民族危亡面前，广大的中华儿女响应中国共产党团结抗战的号召，投身到了保家卫国、抗击日本侵略者的滚滚洪流之中。这篇课文所讲述的故事，曾经在当时的《晋察冀日报》上刊发，而通过《晋察冀日报》的宣传，五壮士视死如归、宁死不屈的民族气节，不畏强暴、血战到底的英雄气概极大地激励了广大军民。而今天我要为大家讲述的，就是《晋察冀日报》这份传奇报纸的故事和它背后的伟大精神。

1937年，七七事变揭开了全民族抗战的序幕，中国共产党领导的八路军挺进华北，创建了晋察冀边区抗日根据地，《晋察冀日报》也随即创刊了。1938年，日寇调集5万兵力发动向晋察冀中心地区的多路进攻，当时创刊还不到3个月的《晋察冀日报》报社，也遭到了敌机疯狂的轰炸，大部分的设备都被炸毁了，报社的同志们只好翻山越岭转移到了五台山大甘河村。

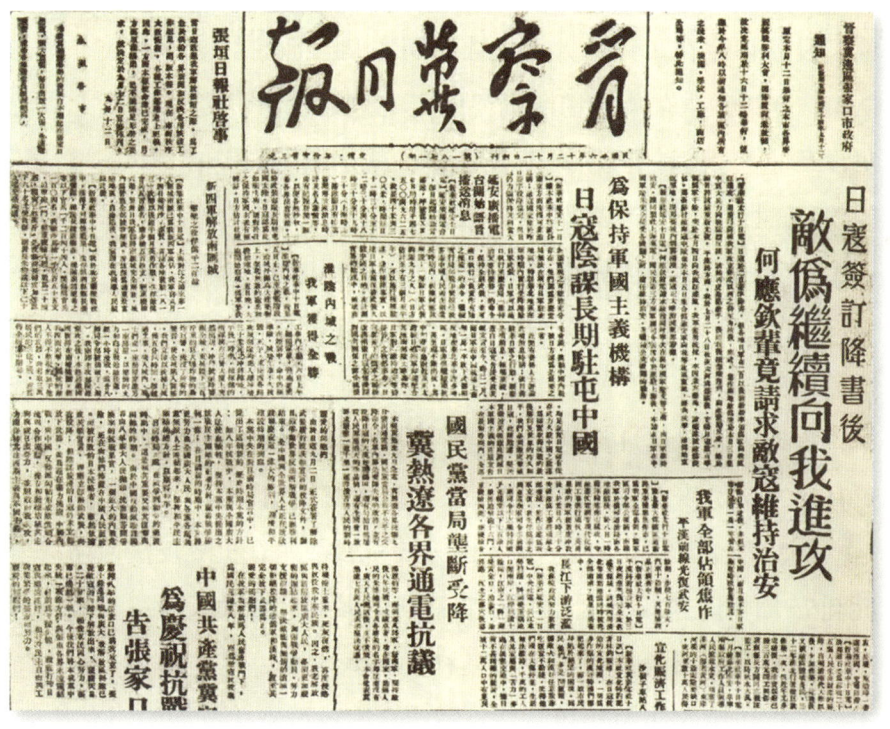

▲《晋察冀日报》（晋察冀中央局机关报），1948年6月15日，与晋冀鲁豫中央局机关报《人民日报》合并，成为中央华北局机关报《人民日报》

1938年9月，日寇又开始围攻五台山，为了多出几期报纸，报社的十几名同志坚守驻地。而日寇很快也逼近了报社所在的大甘河村，那天的报纸还没有印完，不得已的情况下同志们只能迅速拆卸机器进行转移。而这也是报社第一次带着印刷机开始"游击办报"的战斗。那些沉重的印刷设备就靠一支有15头驴和骡子的运输队驮运，转移的队伍身背着步枪和纸张，在险峻的群山当中艰难地前行。而为了保密，当时报社的番号是"晋察冀军区游击支队"。

再给大家讲一个地方：铧子尖。这个地方也和晋察冀日报社有着非常密切的关系，铧子尖是平山县滚龙沟南山深谷里的一个小山村，晋察冀日报社曾经长期在滚龙沟一带驻扎。1941年8月，日伪军7万多人"扫荡"晋察冀边区，2000多敌人合围滚龙沟一带。报社为了赶印当天的报纸，那时候来不及转移设备了，于是，同志们就把设备埋藏在了铧子尖，报社的同志和当地的群众、民兵、游击队员一起同敌人周旋，勇敢机智地"七进七出铧子尖"，反复七次挖出设备来印报纸，再埋好设备转移，就这样，硬是在敌人"扫荡"的25天时间里出了23期报纸，这23期报纸，对于稳定根据地的民心军心、鼓舞军民抗战起到了不可估量的作用。

抗战期间，《晋察冀日报》就是在这样极其残酷的战争环境中和极其简陋的工作条件下，长年坚持发行，宣传中国共产党的方针政策，指导边区的抗日斗争，成为晋察冀边区一面不倒的旗帜。《晋察冀日报》这份传奇报纸的故事，正是伟大抗战精神的生动体现。

2020年9月3日，在纪念中国人民抗日战争暨世界反法西斯战争胜利75周年的座谈会上，习近平总书记强调，中国人民抗日战争胜利是以爱国主义为核心的民族精神的伟大胜利，是中国共产党发挥中流砥柱作用的伟大胜利，是全民族众志成城奋勇抗战的伟大胜利，是中国人民同反法西斯同盟国以及各国人民并肩战斗的伟大胜利。

 **讲述人感悟**

作为一名党的舆论宣传工作者,我在《晋察冀日报》这份传奇报纸的故事当中,首先看到的是那些新闻战线的前辈,他们的信仰、他们的精神、他们的执着、他们的奋斗,这对于我们这些后辈来说,有着非常重要的启示作用。

在整个故事当中,有一句话我印象非常深,就是《晋察冀日报》成为当时边区一面不倒的旗帜。"七进七出铧子尖"这个故事,就很好地说明了党的新闻舆论工作者的职责使命到底是什么。

今天,我们已经有比先辈们好得多的创作条件、宣传报道条件,我们更需要不断地去锤炼自己的脚力、眼力、脑力、笔力,来承担起今天我们必须要承担的职责和使命。

抗战精神

一篇文章的思想伟力有多大

◉ 讲述人

徐俐

今天，如果去北京的妙峰山，在奇峰和松柏间，一定会看见"坚持持久战"这五个大字。历经风雨，清晰如昨，这是1941年八路军冀热察挺进军，深入敌后宣传抗日时留下的。

在艰苦、漫长的岁月里，八路军动员群众抗日救亡，铿锵有力地宣讲党的抗日主张。"中国会亡吗？答复：不会亡，最后胜利是中国的。中国能够速胜吗？答复：不能速胜，抗日战争是持久战。"

"持久战"三个字，对于当时的中国人而言，就像利剑划破长空，惊雷驱散黑云。

全民族抗战开始后，淞沪会战失利、南京沦陷、徐州会战失利，对抗战失去信心者，大肆宣扬起悲观失望的"亡国论"，扰乱了军心民心，使悲观失望情绪蔓延开来。另外一方面，国内有人武断地认为，抗战只要打3个月，国际局势一定变化，英、法、美一定干涉，战争就可以解决，这就是"速胜论"。

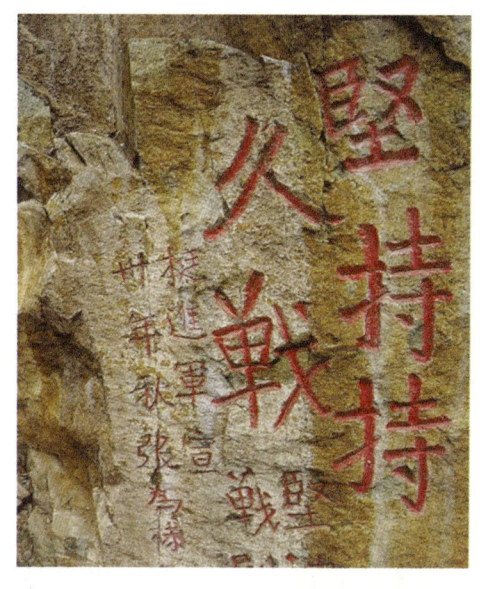

▲ "坚持持久战"石刻

为了批驳"亡国论""速胜论"，让国人振作起来，抗战到底，毛泽东构思《论持久战》，对全民族抗战爆发10个月以来的经验进行概括与解释，回应国人对抗战前途、策略、方式的关切，指明前进的方向。1938年5月，经过8天9夜废寝忘食的写作，这篇辉煌文献问世了。

在这篇文章中，毛泽东说明了抗战为什么是持久战，为什么最后胜利是中国的，还告诉人们怎样进行持久战，怎样争取最后胜利。他强调"兵民是胜利之本"，指出抗战胜利只有充分动员和依靠群众，实行人民战争。

洋洋5万言的铿锵宣言，宛如一盏明灯，驱散国人心头的迷雾和彷徨，坚定了中华民族抗战的决心和信心，也照亮了抗战胜利的航向。

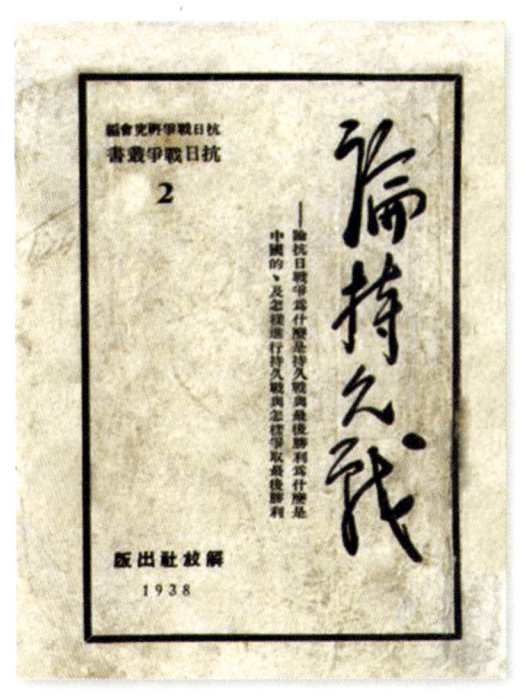

▲《论持久战》书封

有人说,看《论持久战》,"越看心里越亮堂,越看越高兴。中国不会亡,但也不会速胜。我从心底里呼出了这句话"。

宋庆龄看到《论持久战》后,深为折服,把它译成英文,在海外出版。共产国际总书记季米特洛夫称:"有史以来,还没有人把军事问题、战争问题说得这样透彻过,《论持久战》是一本划时代的著作。"美军将领史迪威认定,它是"绝妙的教科书",建议美国政府"加快对华援助",加快胜利的到来。

可以说,《论持久战》不仅是一篇文章,更是中国人百折不挠、坚韧不拔的必胜信心。"得道多助,失道寡助"成为中国人的坚定信条;漫长历史上一次次战胜困难的经历,也让中华儿女坚信,眼前的危难一定只是暂时的。

进入新时代,在复兴的道路上,我们还会遇到风险挑战、荆棘坎坷。我们要从历史中汲取力量,要谨记习近平总书记的叮嘱:"我们要弘扬伟大抗战精神,以压倒一切困难而不为困难所压倒的决心和勇气,敢于斗争,善于创造,锲而不舍为实现中华民族伟大复兴而奋斗,直至取得最后的胜利。"

讲述人感悟

中国抗日战争刚刚开始不久，大家对抗战的问题的认识各不相同，是一代伟人毛泽东综合国际国内形势分析之后提出了"持久战"这样一个伟大的论断。我现在看来，好比是一个国家、一个民族、一个人面对一个巨大困难的时候，怎样去认识困难，怎样去面对困难，最后如何去战胜困难。

现在面临百年未有之大变局，我们国家和民族在外部环境上面临了前所未有的压力，这是在伟大复兴的道路上遇到的困难，那么，我们应该用什么样的心态才能去战胜困难，最后实现民族的伟大复兴？

我在讲解这篇《论持久战》的诞生过程的时候，感触最深刻的一点就是当我们面对困难的时候，我们的心态决定了一切。

红岩精神

《红岩》之光

● 讲述人

鞠 萍

你钉吧,竹签子毕竟是竹子做的,共产党员的意志是钢铁!头可断,血可流,共产党员的意志你是永远打垮不了的!

这是电影《烈火中永生》里的一段经典台词。重庆解放前夕,为了获悉中共地下党的情报,凶残的敌人把竹签钉进了江姐的十指,江姐面无惧色,一字一句地说出了这段话。

看过电影中这一幕的人，都会被江姐那掷地有声的话语所打动，被她那如钢如铁的意志所震撼。电影改编自小说《红岩》。虽是小说，但主要人物有原型，主要事件有史实。

红岩村13号是抗日战争时期和解放战争初期中共中央南方局领导机关所在地和重庆谈判期间中共代表团驻地。在这里，在周恩来、董必武等同志领导下，大家高举抗战民主旗帜，坚持和发展抗日民族统一战线，在极其艰险复杂的政治和社会环境中，创造性地执行贯彻党中央正确的路线、方针、政策，为争取政治民主和抗战胜利以及战后中国光明前途作出了卓越贡献。

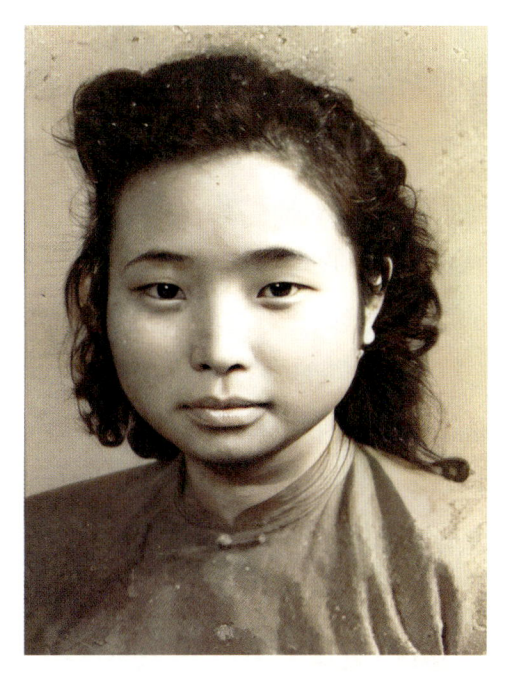
▲ 江竹筠

解放战争后期，重庆地下党组织遭受严重破坏，江竹筠、王朴、许晓轩、陈然等一批优秀儿女，被捕后经受住种种酷刑折磨，不屈不挠、宁死不屈，为革命事业献出了宝贵生命。

1985年10月14日，原中共中央南方局领导成员之一，时任中共中央政治局委员、全国政协主席的邓颖超同志重返红岩村，回顾当年的革命岁月，写下了"红岩精神，永放光芒"的题词，第一次提出红岩精神。

红岩精神充分体现了老一辈无产阶级革命家、共产党人和革命志士的崇高思想境界、坚定理想信念、巨大人格力量和浩然革命正气。

2016年1月，习近平总书记在重庆考察工作时专门以小说《红岩》为例讲道，不能把理想信念只当口号喊。理想信念是精神层面的东西，也是实打实、能感知、可衡量的。他背诵了书中江姐的难友们赞颂她的话："你，暴风雨中的海燕，迎接着黎明前的黑暗。飞翔吧！战斗吧！永远朝着东方，永远朝着党！"指出这里面最重要的就是"坚如磐石的理想信念"。

2018年3月，习近平总书记参加十三届全国人大一次会议重庆代表团的审议时，再次提到红岩精神，逐条回顾"狱中八条"，强调我们要经常想一想红岩先烈的凛然斗志、英雄气概，时刻用坚定理想信念补精神之"钙"。

讲述人感悟

我是一名有着23年党龄的共产党员，通过参与《非凡百年》节目的录制，从一个个生动的党史故事中感受到作为一名党员，怎样坚定理想信念，怎样把对党的这份忠诚体现在日常工作中，时刻牢记使命，把工作做得更好。

我讲的这篇故事是大家非常熟悉的《红岩》。这本书是1961年出版的。60年来，一代又一代年轻人读着它长大。

所以，今天我们的青少年不能忘记，我们的幸福生活是这些先烈抛头颅洒热血，用他们的生命和鲜血换来的。我们要让红色基因一代一代传下去，也让国家在我们的努力奋斗中越来越好。

西柏坡精神

永葆"赶考"的清醒与自觉

● 讲述人

张腾岳

　　说到考试,我们每个人都无比熟悉。从小到大,我们经历过太多考试,甚至有些人离开学校已经多年,但是只要说到考试还会满头大汗。今天,我们就来说说,我们党曾面对的一次特殊考试。

　　1949年3月23日,解放战争已进入最后阶段。中共中央机关从河北西柏坡启程前往北平。出发时,毛泽东对周恩来说:"今天是进京的日子,进京'赶考'去。"周恩来笑着回答:"我们应当都能考试及格,不要退回来。"毛泽东答道:"退回来就失败了。我们决不当李自成,我们都希望考个好成绩。"

进京"赶考"的党中央,考出了好成绩吗?答案是肯定的。因为他们身上带着一件"法宝"。这件"法宝"是什么呢?它,就是"两个务必"。

在进京"赶考"之前的党的七届二中全会上,毛泽东提出了著名的"两个务必":务必使同志们继续地保持谦虚谨慎、不骄不躁的作风,务必使同志们继续地保持艰苦奋斗的作风。正是这一"法宝",让我们党考出了一个好成绩。

"中华民族到了最危险的时候,每个人被迫着发出最后的吼声",这是我们每个人都会唱的一句国歌歌词。而这首《义勇军进行曲》之所以能够被选为国歌,离不开我们党"赶考"的初心。

1949年6月,新政协筹备会期间,徐悲鸿等人推荐将《义勇军进行曲》作为国歌。但有的代表认为,新中国已经成立了,中华民族已经作为一个伟大民族屹立在世界的东方,"中华民族到了最危险的时候"这样的歌词已经过时了,应该重新填词。但毛泽东、周恩来却不同意,他们一致赞成歌词中所蕴含的"居安思危"的思想。最后,毛泽东一锤定音:我看就这样定下来吧,歌词不要改。于是,便有了这首每每响起,都让每一个中华儿女热血沸腾的国歌。

时代在变化,世情在变化,中国共产党人面对的"考题"也在变化。从新中国成立初期遇到的各种风险挑战,到当前风云变幻的国际形势、改革发展中遇到的新矛盾新问题等,都是一道道摆在中国共产党人面前的"考题",一次次考验着中国共产党人的智慧和品格。

习近平总书记说:"时代是出卷人,我们是答卷人,人民是阅卷人。"新时代,中国共产党人要永葆"赶考"的清醒与自觉,时刻牢记习近平总书记的殷殷嘱托:"继续把人民对我们党的'考试'、把我们党正在经受和将要经受各种考验的'考试'考好,努力交出优异的答卷。"

西柏坡精神

"嘀嗒、嘀嗒"就是党中央和毛主席的声音

● 讲述人

田 薇

在今天的河北省平山县西柏坡纪念馆的二楼,有一条长廊,长廊两侧的大理石墙面上镌刻着密密麻麻的特殊文字。这些特殊文字是什么呢?容我先卖个关子。

1948年的春天,党中央从陕北转移到西柏坡。西柏坡成为中国共产党在新中国成立前的最后一个农村指挥所。就是在这里,毛主席指挥了辽沈、淮海、平津三大战役。

革命战争年代，通信并不便捷，党中央靠什么指挥作战呢？他们依靠的正是我前面提到的那些密密麻麻的文字——电报。

"嘀嗒，嘀嗒"的电报声成了西柏坡这个小村庄里最动听的声音。三大战役期间，西柏坡每天收发电报的频率比往常高好几倍，电报量从每月90万字增加至140万字。如果穿越回那个年代，你会看到，参谋们手持电报，脚步匆匆地穿梭于机要室、作战室和领袖们的土屋内。周恩来曾经风趣地说，我们这个指挥部一不发枪，二不发粮，三不发人，就是每天往前线发电报，就把国民党打败了！

"嘀嗒，嘀嗒"的电报声也成为一切行动听指挥的最强音。1948年9月至1949年1月，党中央共发出电报408封，毛泽东亲自起草的电报就有300余份。党中央、毛主席的声音传到战斗一线，指战员们闻令而动，坚决执行。对此，周恩来曾感慨道，毛泽东在世界上最小的司令部里，指挥了规模最大的革命战争！

回眸西柏坡，重温电报声，我们不仅可以自豪地说"新中国从这里走来"，还深感"这里是立规矩的地方"。千千万万革命战士矢志不渝听党话、跟党走，铸就了拖不垮、打不烂、攻无不克、战无不胜的钢铁雄师。

三大战役的历史表明，全党全军始终坚持党中央的集中统一领导，就是革命胜利的根本保证。

西柏坡"嘀嗒、嘀嗒"的电报声，经过时间的洗礼，今天依然叩击着我们的心门。

沧海横流显砥柱，万山磅礴看主峰。新时代，在以习近平同志为核心的党中央集中统一领导下，中国梦的巨轮正劈波斩浪、扬帆远航！

东北抗联精神

舍生取义赴国难

● **讲述人**

赵寅子

"四海今歌赵一曼,万民永忆女先锋。"著名诗人郭沫若写下深情诗篇,悼念这样一位女英雄。关于她的记忆,就如同一簇木棉花,绚丽、火红!九一八事变后,赵一曼被党组织派到东北进行抗日工作。在哈尔滨,赵一曼曾组织领导电车工人大罢工。在珠河县,她积极宣传抗日救国主张,组建抗日武装,多次给日军沉重打击,"红枪白马女政委"声名远扬。

1935年，赵一曼在与日军作战时身负重伤，不幸被捕。面对敌人的严刑拷打，她视死如归，坚决地回答："你们不用多问了，反满抗日运动并宣传其主义，就是我的目的，我的主义，我的信念。"1936年8月，在被押上去珠河的火车时，赵一曼知道最后的时刻到了，她强忍悲痛给心爱的儿子写下遗书："母亲因为坚决地做了反满抗日的斗争，今天已经到了牺牲的前夕了……我最亲爱的孩子啊！母亲不用千言万语来教育你，就用实行来教育你。在你长大成人之后，希望不要忘记你的母亲是为国而牺牲的！"

罪恶的子弹，穿过了赵一曼的胸膛，带走了她所有的温度。她既没有存下尸骨，也没有留下坟墓，只留下一封小小的家书。这家书的字里行间，藏着一位母亲深沉的爱，也印证了一个民族的勇敢，书写了一个国家的不屈。

东北抗战14年，一批批如赵一曼一样的英雄用赤子般的忠诚，爬冰卧雪，征战不息。

在白山黑水之间，他的名字令日军闻风丧胆。危难时刻，他只身与敌人周旋5个昼夜，血战到最后一息。日军解剖了他的尸体，发现胃里只有草根和棉絮，没有一丁点儿粮食……他的名字叫杨靖宇。日军头目岸谷隆一郎曾在赎罪遗嘱中写道："中国拥有杨靖宇这样的铁血军人，一定不会亡。"

在牡丹江，"八女投江"的故事广为流传。为掩护大部队突围，妇女团8名战士放弃渡河，主动吸引日伪军火力，背水作战至弹尽。她们毁掉枪支，挽臂涉入乌斯浑河，高唱着《国际歌》集体沉江。牺牲时，她们中年龄最大的冷云23岁，最小的王惠民才13岁。

东北抗日联军这支由中国共产党领导的抗日武装，抗敌最早、坚持最久、战斗条件最为恶劣，将士们以顽强的意志谱写英雄史诗，以大无畏的勇气彰显舍生取义的英雄气概，铸就了伟大的东北抗联

▲ 《八女投江》画作（局部）

精神。

　　远去的是往事，不朽的是精神。习近平总书记曾多次谈到杨靖宇、赵一曼、赵尚志、"八女投江"等东北抗联的英雄人物和事迹。2016年5月，他在黑龙江考察时指出，今天，我们仍然要用东北抗联精神等来教育广大党员、干部，引导他们发扬优良传统，在全社会带头弘扬新风正气。

讲述人感悟

　　在哈尔滨有以赵一曼、杨靖宇的名字命名的一曼街、一曼公园，靖宇大街、靖宇公园。我在哈尔滨长大，小学时加入中国少年先锋队的入队仪式，就是在一曼公园里赵一曼的雕塑下进行的，当时的情景我依然记忆犹新，觉得戴上了红领巾，无上荣耀，非常骄傲。

故事中在说到赵一曼写给儿子的那封遗书的时候，我感触特别深，因为在小学入队的时候，这封遗书当时老师也展示过，年少的我对这封遗书记忆深刻。现在再次读到这篇遗书的时候，我仍然非常感慨，东北抗联精神，是一种非常宝贵的精神财富。

南泥湾精神

南泥湾，不一般

● 讲述人

龙 洋

　　花篮的花儿香，听我来唱一唱……

　　1943年，19岁的贺敬之被八路军三五九旅官兵开展大生产运动的热情感动，在延安鲁迅艺术学院的窑洞里一口气写下了《南泥湾》的歌词。随后，25岁的作曲家马可用陕北民歌的调式为它谱曲。《南泥湾》火了。

　　南泥湾，是位于延安东南45公里处的一条狭长沟谷。

1938年10月后，抗日战争进入相持阶段。日本侵略者对国民党采取诱降政策，对敌后地区进行残酷"扫荡"。从1939年开始，国民党顽固派也消极抗日、积极反共，停发八路军的军费开支，并调用几十万大军，在陕甘宁边区周围形成5道封锁线，企图"困死、饿死"八路军。作为八路军后方中枢的延安，面临严峻考验。"自己动手，生产自给"是突出重围的唯一出路。陕北的沟壑山川里，随后展开了一场轰轰烈烈、闻名中外的大生产运动。"背枪上战场，荷锄到田庄"，毛泽东率先垂范，在自己的窑洞下面开菜地；朱德背着箩筐拾粪积肥；周恩来成了纺线能手。部队也纷纷开展屯田大生产运动。

1941年春，三五九旅11958人在旅长王震的带领下，分批从绥德警备区开进南泥湾。没房子住，屯垦官兵就挖窑洞，搭草棚；没粮食，就赶到几十公里甚至数百公里以外去背粮、运盐，到山上去挖野菜，打野兽；没工具，就从倒塌的古庙中抬来破钟，收集敌人扔下的弹片，打铁制造农具……

南泥湾垦荒期间，王震还特意聘请了71岁的农民朱玉环作生产教官，并批准他参军，让各部队在生产上接受他的指导。王震亲自签发了一份执照，朱玉环高兴地接受了聘请。

"往年的南泥湾，到处呀是荒山……"如火如荼的开荒热潮中，三五九旅将士用歌声唤醒了沉睡的土地，用汗水浇灌出万亩良田，南泥湾成为大生产运动中一面用汗水和热血铸就的旗帜。

到1944年底，三五九旅开荒种地达26万亩，收获粮食近4万石。南泥湾除满足粮食自给外，还主动向边区政府上缴1万多石，做到了耕一余一。南泥湾丰收，抗日战争、中国革命度过了非常时期，红色延安走过了"寒冬岁月"。从那时起，"全心全意为人民服务，自力更生，艰苦奋斗"的南泥湾精神就传扬开来，激励着一代又一代中华儿女战胜困难，夺取胜利。

2015年2月13日下午，习近平总书记在中国延安干部学院主持召开陕甘宁革命老区脱贫致富座谈会。习近平总书记说："我们实现第一个百年奋斗目标、全面建成小康社会，没有老区的全面小康，特别是没有老区贫困人口脱贫致富，那是不完整的。这就是我常说的小康不小康、关键看老乡的涵义。"

"陕北的好江南，鲜花开满山……"如今的南泥湾，不仅有着连绵起伏的青山和山脚万亩相缀的花海，还有着波平如镜的荷塘，以及川道里的一片片稻田。

 讲述人感悟

在接触南泥湾这段历史的时候，我印象最深刻的就是领导人率先垂范。我们看到一个个历史人物是那么鲜活地出现在我们的面前，比如，毛主席在自己居住的窑洞下开菜地，周恩来总理成为纺线能手，朱德背着竹筐去拾粪。他们这么做既是为给士兵们、给广大的官兵们鼓舞士气，做一个很好的榜样，也是体现出在那样一段火热的岁月中，每一个共产党人，坚定的信仰就是要全心全意为人民服务，自力更生、艰苦奋斗。

我觉得这在今天也有启示意义。我们在通往成功复兴的道路上，面对困难，我们要有"咬定青山不放松"的坚定意志，要有"敌军围困万千重，我自岿然不动"的智慧，还要有"长风破浪会有时，直挂云帆济沧海"的必胜信心。

太行精神

抗日烽火中铸就的民族魂

● 讲述人

月亮姐姐（王昊）

电视剧《亮剑》很受大家喜爱。主人公李云龙是八路军一二九师三八六旅独立团团长，他的原型之一是王近山将军。八路军刚成立时，王近山是一二九师三八六旅七七二团的副团长，当时的正团长是谁呢？他叫叶成焕。

1938年4月，日军对太行山根据地大举围攻。此时，叶成焕正患着病。陈赓旅长劝他先去治病。叶成焕说：

"我没事，打完这一仗我再走。"

七七二团在叶成焕的指挥下将鬼子打得人仰马翻。突然，一颗流弹击中了他的头部。叶成焕留下的最后一句话是："队伍，队伍呢？"牺牲时，年仅24岁。

"捐躯赴国难，视死忽如归。"从奔赴太行山的那刻起，我们的党和军队就以不怕牺牲、英勇奋斗的革命英雄主义精神和大无畏的英雄气概成为那个时代的标识。

1942年5月25日，在指挥八路军总部突围转移时，作为八路军副参谋长的左权，放弃了个人突围的机会，主动承担断后任务。那时，飞机轰鸣，炮弹横飞，他指挥着让大家都卧倒，顾不上自己，等大家都卧倒的时候，炮弹袭来了，左权头部中弹倒在了血泊中。左权是八路军在抗日战场上牺牲的最高指挥员，名将阵亡，整个太行山为之低咽。

在民族生死存亡的关头，中国共产党以民族独立和人民解放为己任，用鲜血和生命铸就了不朽的民族之魂。

在太行，还有一个特殊的英雄群体，她们用乳汁、母爱，甚至用生命呵护着八路军的后代，她们的名字叫"太行奶娘"。当年，因为战事频繁，八路军的孩子一出生就不得不送到老乡家里。

在极度艰苦的环境里，太行奶娘冒着极大危险，为八路军喂养孩子，为了保护孩子，她们中的许多人都付出了宝贵的生命！战争摧残母亲，母亲却用柔软的双肩扛起了责任，太行奶娘用另一种方式，投入到全民族抗战中！

仰高山之巍巍，一座丰碑雄立天地间。这丰碑，就是太行精神。不怕牺牲、不畏艰难，百折不挠、艰苦奋斗，万众一心、敢于胜利，英勇奋斗、无私奉献的太行精神书写了中国人民抗日战争和中国革命的壮丽史诗，是中国共产党和中华民族的宝贵财富。

吕梁精神

英雄是民族最闪亮的坐标

● 讲述人

宝晓峰

有这样一座城市,它年轻而生机无限,撤地建市还不足20年;它古老而深沉内敛,见证了"三家分晋""红军东征""敌后抗战",诞生了以它的名字命名的英雄传记和伟大精神。它就是吕梁,一座英雄的城市。

"生的伟大,死的光荣",是我们从小就熟悉的话。它所赞颂的英雄刘胡兰就诞生在吕梁。1947年1月12日,未满15周岁的共产党员刘胡兰被国民党军和地主武装抓捕。她坚贞不屈，大义凛然地说"怕死不当共产党！"残忍的敌人为了使她屈服，在她面前将同时被捕的6位革命群众用铡刀杀害。刘胡兰毫无惧色，从容走向铡刀，壮烈牺牲。1947年3月，毛泽东在陕北转战途中，亲笔为刘胡兰题词："生的伟大，死的光荣"。刘胡兰以短暂的青春年华，不朽的牺牲精神，矗立起生命的宣言。

"平生铁石心，忘家思报国。"出生于吕梁方山县的共产党员张叔平，面对敌人用铁钉将他的双手钉在墙上，脚心钉入土中，拒不透露一丝党的秘密，英勇就义。革命战争年代，无数像刘胡兰、张叔平一样的吕梁英雄，用鲜血和生命铸就了伟大的吕梁精神。"山药

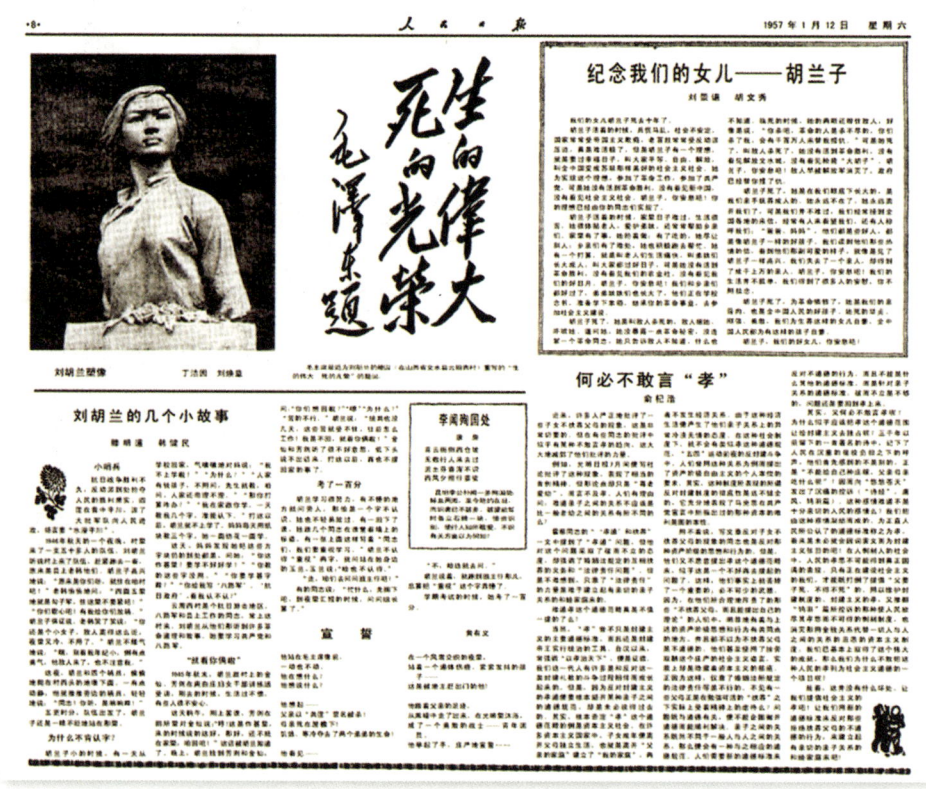

▲ 毛泽东为刘胡兰题词"生的伟大 死的光荣"

蛋派"作家马烽和西戎创作的小说《吕梁英雄传》，展现的正是在吕梁诞生的英雄图谱。

"英雄是民族最闪亮的坐标。"

吕梁石楼县灵泉镇薛家垣村党支部书记梁宝曾经立下誓言："我们土山上没理由修不出路，就是用手刨也要刨出一条路来！"为了实现这个承诺，他付出了所有的时间与精力。薛家垣电通了，水通了，路通了，梁宝却罹患肺癌不幸去世。

在吕梁山以身殉职的水土保持专家王斌瑞，他创立的径流林业技术，正在吕梁地区生态建设中发挥着重要的作用。王斌瑞用自己的一片深情，为黄土高原披上了绿装。

"革命战争年代，吕梁儿女用鲜血和生命铸就了伟大的吕梁精神，我们要把这种精神用在当今时代，继续为老百姓过上幸福生活、为中华民族伟大复兴而奋斗。"

 讲述人感悟

这次我讲述的是吕梁精神，其中刘胡兰的故事大家非常熟悉，它曾出现在小学课本当中。

我们经常讨论年轻人的理想和信念到底是什么。2021年电视剧《觉醒年代》热播，大家对陈乔年的印象非常深刻，有很多年轻人自发地到上海的龙华烈士陵园在陈乔年和陈延年的墓前献花。

所以，我想现在的年轻人，依然有着很远大的理想和抱负，他们也有为国家奉献的使命和担当。作为一名媒体人，我特别希望可以尽一份微薄之力，用我的讲述，让更多年轻人了解那样一段光荣的历史。

大别山精神

二十八年红旗不倒的秘密

● 讲述人

陈 亮

　　从中国共产党创建，到新中国诞生，一共走过了二十八年峥嵘岁月。

　　有一个地方，在二十八年里，始终高举党的旗帜，从未屈服，从未放弃，这就是鄂豫皖三省交界的大别山。

　　1921年，董必武、陈潭秋参加完党的一大后，就在大别山成立共产主义小组，点燃了这里的革命火种。著名的黄麻起义、鄂豫皖苏区都是在这里发生和形成。红四方面军、红二十五军、红二十八军等多支主力红军部队从这里走出，349位共和国开国将帅曾在这里战斗。人们都说，大别山是"红军的摇篮""将军的故乡"。

"八月桂花遍地开，鲜红的旗帜竖起来。"漫长的革命岁月里，大别山始终红旗不倒的秘密就在于，百万英烈前仆后继，用鲜血和生命铸就了大别山精神。

刘名榜被称为"坚持大别山斗争的一面红旗"。红二十五军长征后，他带领游击队坚持斗争。在敌人的残酷"围剿"中，他们与上级党组织失去了联系，一连数月被围困在深山密林。敌人把刘名榜的母亲和妻子带到山上喊话，要挟刘名榜，而刘名榜却鼓励同志们："无论斗争多残酷，生活多艰辛，哪怕只剩下一个人，也要坚持到底，决不让大别山革命的红旗在我们手中倒下！"

1927年，黄麻起义爆发后，国民党反动派和地主武装疯狂镇压革命。在河南新县箭厂河乡一块不到30平方米的稻田里，有300多位共产党员和革命群众惨遭屠戮。他们当中，最年长的75岁，最小的只有16岁。烈士们的鲜血浸染了每寸土壤，每平方米土地上承载着十多位英魂。从此，这块田地里再没种过庄稼，大家都叫它"红田"。

二十八年浴血奋战，近百万大别山英烈为中国革命献出生命。人口不足十万的新县，有55000多人为革命牺牲。

如今，走进"山山埋忠骨，岭岭皆丰碑"的大别山，坚贞忠诚、不畏牺牲的优秀品质，依旧熠熠生辉。

在这里，一批又一批干部奋战一线，带领贫困群众脱贫致富。在这里，红色旅游方兴未艾，绿色旅游催生网红打卡地，游客络绎不绝。

时光不负追梦人。2021年2月，国务院印发《关于新时代支持革命老区振兴发展的意见》，大别山革命老区迎来新的发展机遇，在奋进新时代的征程上，必将书写更加壮美的篇章。

讲述人感悟

我讲述的是二十八年红旗不倒的秘密，概括来说就是用鲜血和生命铸就的大别山精神。

回顾百年党史的波澜壮阔，不仅仅是百年峥嵘岁月的历史波澜，更是在我们每一个中国人心中掀起的情感的波澜。

作为播音员主持人，我经常有机会接触到党史类的稿件，每一次播音主持对我来说都是一次学习、一次震撼。在工作当中我常常会饱含热泪，虽已经进入中年但仍然能够保有一颗赤子之心，在新闻工作者的岗位上，在播音员主持人的工作中，讲好中国故事，传播中国声音。

沂蒙精神

水乳交融　生死与共

● 讲述人

孙小梅

战火纷飞的革命年代，有这么一位母亲，宁肯自家的孩子吃窝头，也要把馒头留给烈士的孩子。她说："同志们为咱出生入死，孩子要是死了，就没有了血脉，咱不能让他们断了根哪。"

这位母亲，就是"沂蒙母亲"王换于。

王换于是苦命人，从小没有名字，被当作货物一样卖给姓于的人家，换了两斗米。入党时，为控诉旧社会，她取名王换于。这个揭露旧社会黑暗无情的名字，在后来成了温暖和母爱的象征。

抗日烽火中，王换于创办战时托儿所，抚养了30多名革命后代和8名烈士遗孤。为了这些孩子，她倾尽所有。

"最后一口粮做军粮，最后一块布做军装，最后一个棉袄盖在担架上，最后一个儿子送上了战场。"沂蒙这片红色热土上，无数人像王换于一样，与革命"水乳交融、生死与共"，坚定跟党走，展现出动人的沂蒙精神。

莒南村民刘永良，将自己的三个儿子全部送去参军。他们先后牺牲在解放战争和抗美援朝的战场上，"一门三英烈"。孟良崮战役前夜，乡妇救会会长李桂芳，带着32名妇女，跳进刺骨的河水，架起一座"人桥"，帮助解放军渡河。还有用乳汁抢救伤员的"沂蒙红嫂"明德英；带队烙煎饼、送弹药、救伤员的"沂蒙六姐妹"；淮海战役中，推着四百辆小车，运送数万公斤白面上前线的莒沂县乡亲。

420万沂蒙父老，有120万人拥军支前，20多万人参军参战，10多万人血染疆场。粟裕赞叹他们："坚定勇敢，不怕困难，奋不顾身，竭尽全力地支援子弟兵"。陈毅深情地说："我就是躺在棺材里也忘不了沂蒙山人。他们用小米供养了革命，用小车把革命推过了长江！"

新中国成立后，沂蒙人民怀着对美好生活的向往，把革命精神转化成谋求发展的强大动力。从被毛泽东称赞为"愚公移山，改造中国"典型的厉家寨，到全国第一个电气化村刘团村，再到艰苦奋斗的新典型罗庄、沈泉庄、九间棚，沂蒙精神代代相传、生生不息。

进入新时代，习近平总书记曾多次到山东考察调研，重温沂蒙老区峥嵘岁月，要求发扬"水乳交融、生死与共"的沂蒙精神。巍巍沂蒙山，滔滔沂河水，诉不尽沂蒙儿女对党的无限忠诚，也诉不尽沂蒙儿女在新时代继续建功立业、奋勇向前的活力与朝气。

 讲述人感悟

说起来，我自己就是革命人的后代。我的父亲是抗日战争时期参加的革命，当时是"红小鬼"——儿童团长，后来成为一名军人；我的母亲是解放战争时期参加的革命。艰苦奋斗，要爱党、爱国家、爱人民，这种红色基因融入我的血液当中。我无论是在学习还是在工作当中，都秉承这样的一种信念。

这种革命传帮带的精神，他们传给了我们，我们应该把我们的这种感受，包括我们对党、对国家、对人民的这样一种情感，也告诉我们的孩子，这种好的传统和精神应该代代相传。

红旗渠精神
雷锋精神
"两弹一星"精神
老西藏精神
中国医疗队精神
"两路"精神
"好八连"精神
西迁精神
兵团精神
孔繁森精神
塞罕坝精神
大庆精神（铁人精神
"好八连"精神
"两路"精神
兵团精神
老西藏精神
西迁精神
孔繁森精神
红旗渠精神
兵团精神

社会主义革命和建设时期

红旗渠精神　"好八连"精神
孔繁森精神
抗美援朝精神　　　　　红旗渠精神
雷锋精神
中国医疗队精神
北大荒精神
"两弹一星"精神

抗美援朝精神

同心协力　保家卫国

⦿ 讲述人

绿泡泡（耿晨晨）

1950年10月3日，在国庆一周年的晚会上，毛泽东即席赋词一首《浣溪沙·和柳亚子先生》。其中一句"一唱雄鸡天下白，万方乐奏有于阗"，写出了领袖胸中洋溢的爱国主义豪迈气魄和非凡胆略。

而就在前一天，毛泽东还在主持会议，讨论一件关系国家危亡的"万分火急"的大事——出兵朝鲜问题。最终，党中央经过十八

▲ 中国人民志愿军参加抗美援朝战争

天的反复考虑，作出"抗美援朝、保家卫国"的历史决策。

没有国，哪有家？要保家就得卫国，抗美援朝就是保家卫国。在这一口号之下，中华大地上掀起空前规模的军事动员。刚刚赢得胜利的解放军，没有休整，很快摩拳擦掌开始备战。首批入朝官兵在鸭绿江边集结，大家群情激昂，高喊起"保卫和平，保卫祖国，就是保卫家乡"。有战士为这感人场景所震撼，写下"雄赳赳，气昂昂，横渡鸭绿江"的诗句。后来，这就成了《中国人民志愿军战歌》的雏形。

一时间，广大青年群起响应，邱少云在家书中庄重写下："我决心杀敌立功，带着光荣花回来看你们。抗美援朝，保家卫国！"黄继光则对家人写道："男现在为了祖国人民，需要站在光荣战斗最前面，为了全祖国家中人等过着幸福日子，男有决心在战斗中坚持为人民服务，不立功不下战场。"英雄们的心声，千言万语，汇成一句话：我们的身后就是祖国，为了祖国人民的和平，我们不能后退一步！

志愿军为国出征，中国人民同仇敌忾，同心协力，动员起所有力量，支援前线。东北地区"男女老少齐动手，家家户户做炒面"，还有60多万群众参加担架队、运输队。家家户户掀起"为'最可爱的人'购买飞机大炮"的捐款潮。许多工厂夜以继日为志愿军生产军需物品、武器弹药。工人们提出"工厂即战场,机器即枪炮"的口号,组织爱国主义劳动竞赛,竭尽全力保障前线供给。

  抗美援朝的伟大胜利,充分彰显了"祖国和人民的利益高于一切、为了祖国和民族的尊严而奋不顾身的爱国主义精神"。让新中国真正站稳了脚跟,使中国人民扬眉吐气,屹立于世界东方。正如习近平总书记所指出的:"这一战,拼来了山河无恙、家国安宁,充分展示了中国人民不畏强暴的钢铁意志!"

▼ 邱少云的家书　　　　　　　　　　▼ 黄继光的家书

抗美援朝精神

英雄为何义无反顾

● 讲述人

李国虎

1951年11月5日,《志愿军前线战报》刊登了一位16岁志愿军战士所写的家书。他许下美好的愿望：把家乡建设好、有马路、有水库电站、有茶山果树、有牧场工厂……

这位战士名叫易禄亨。在朝鲜战场上，他三次与死神擦身而过：第一次是在行军途中，差点被大水冲跑；第二次是为了救朝鲜群众，全身烧伤，抢救了9个小时才脱险;第三次是在战斗中,同行战友全部牺牲,他自己身受重伤,命悬一线。

多次经历生死考验,易禄亨开始懂得牺牲的意义是什么。他写信告诉父母:"孩儿在部队学习了很多革命真理,知道为谁当兵,为谁牺牲。"

在朝鲜,19万7000多名英雄儿女为了祖国、为了人民、为了和平献出了宝贵的生命。他们也曾向往美好生活,憧憬幸福的未来。但是,当战争的威胁即将伸向祖国时,他们毫不犹豫,冒着枪林弹雨勇敢冲锋。

这是极为艰难的战争。在力量极其悬殊的情况下,中国军人英勇顽强、舍生忘死。"上甘岭战役中,危急时刻拉响手雷、手榴弹、爆破筒、炸药包与敌人同归于尽,舍身炸敌地堡、堵敌枪眼等,成为普遍现象。"真正是"一人舍命、十人难挡"。敌人倾泻了190多万发炮弹,发起600余次冲击,将山头削低2米,也没能撼动志愿军。战役中,黄继光、孙占元、欧阳代炎、龙世昌等38名勇士与敌人同归于尽!师长崔建功向上级保证:"打剩一个连,我去当连长,打剩一个班,我去当班长。只要我崔建功在,上甘岭还是中国人民志愿军的。"

还有老舍笔下《无名高地有了名》中的老秃山战

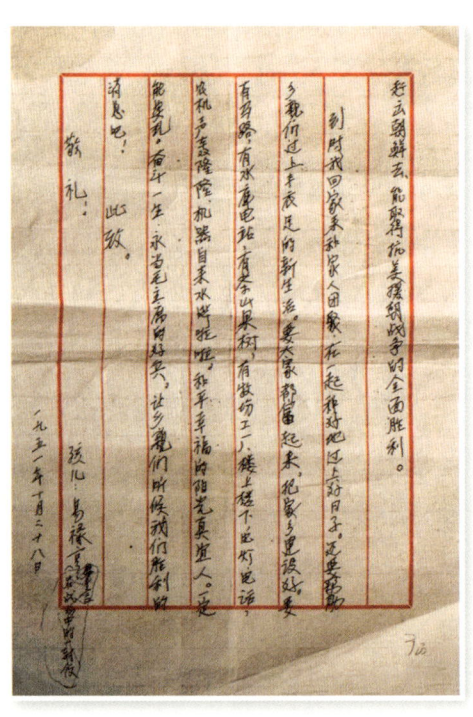

▲ 易禄亨的家书

斗，不知产生多少与敌以命相搏的烈士。孤守阵地的步话机员于树昌，一边吸引敌人，一边呼叫我军炮火。说完"同志，亲爱的同志们！再见啦！万岁！"的遗言后，拉响手榴弹与敌同归于尽。根据他的事迹，人们创作了《英雄儿女》的主人公王成。还有以肉身搭"人桥"的5名战士。紧急时刻，他们用胸膛盖住敌人的铁丝网，让突击排的战友们踏着自己的身体去消灭敌人，最终只有一人生还。幸存者向老舍讲起烈士牺牲前，高喊的是"为了胜利，让红旗冲过去"。老舍泪流满面，激动地说："胜利和平的光明大道是英雄们的身躯和鲜血铺成的！"

英雄为何义无反顾？为了胜利，为了明天。习近平总书记深刻指出："无论时代如何发展，我们都要锻造舍生忘死、向死而生的民族血性。"70多年来，烈士们的精神，一直激励着中华儿女不畏牺牲，创造着属于自己的美好生活。

抗美援朝精神

"钢少气多"的英雄气概

● 讲述人

高 博

2018年10月,一名人民解放军的基层代表,来到朝鲜祭扫中国人民志愿军烈士陵园。在这里,他读到好几封从祖国寄来、写给志愿军飞行员的信件。他由衷地感叹:"我们的人民多么可爱啊!为了和平,我们从来不怕战争。"

他叫孙腾,来自大名鼎鼎的空军王海大队。

王海大队成立于1950年秋天。成立还不到一年,这

▲ 王海大队飞行员

支人均飞行时间只有几十小时的队伍，就在大队长王海带领下，飞赴朝鲜战场，与美国的王牌飞行员作战。

当时，朝鲜的战情已是十万火急！1950年10月，应朝鲜请求，中国以非凡胆略作出抗美援朝、保家卫国的决策。志愿军进入朝鲜战场，以正义之师行正义之举。

然而，首批入朝的部队，遇到朝鲜友军，被问得最多的是——"有没有飞机参战？"

是啊！现代战争，制空权往往具有决定性影响。

刚刚成立的新中国，造不出飞机。而我们的对手，却有1200架飞机，以及大量现代化装备。实力之悬殊，毛泽东形容为，敌人是钢多气少，我们是钢少气多。

钢少，说的是飞机、坦克、大炮、舰艇，中国全面落后，钢产量不到对手的1/114。

气多，则说的是志愿军不畏强敌、舍生忘死的英雄气概，是"雄赳赳、气昂昂"的不朽军魂。

就是这股英雄气，创造了战争的奇迹。

"我们将英勇战斗，不怕牺牲，去夺取空战的胜利。我们有压倒一切敌人的英雄气概而不被敌人所压倒！"王海大队发出了战斗宣言。

一架敌侦察机进犯，我军四架战机追击，火炮倾泻而出。敌机"冒了烟，直直地掉下去了"。面对喜讯，王海却说："更主要的是给我们提供了新的作战经验，攻击时要沉着，别把炮弹打光了。"

"白手起家"的空军，只能小心翼翼。在战争中学习战争，才能从胜利走向胜利。

在朝鲜，王海大队空战81次，击落击伤敌机29架，被誉为"英雄的王海大队"。每架战机上，都闪耀着象征消灭敌机数量的五角星。王海说，荣耀的背后是"不怕死的心"，是英勇顽强、舍生忘死的革命英雄主义精神。这是以弱胜强，战胜一切敌人的法宝。我们的志愿军战士，正是靠着灵活机动的战略战术和一往无前的英雄气概，以艰苦卓绝的作战，创造了人类战争史上的奇迹。

2020年10月，在纪念中国人民志愿军抗美援朝出国作战70周年大会上，习近平总书记深刻指出："在朝鲜战场上，志愿军将士面对强大而凶狠的作战对手，身处恶劣而残酷的战场环境，抛头颅、洒热血，以'钢少气多'力克'钢多气少'，谱写了惊天地、泣鬼神的雄壮史诗。"

习近平总书记还说，过去我们钢少气多，现在钢多了，气要更多，骨头要更硬。

抗美援朝精神

"为了胜利,向我开炮"

● 讲述人

吴 鹏

一名身负重伤的年轻战士独自坚守阵地,他弹药耗尽,面对围攻上来的敌人,拼尽全力用步话机喊出:"为了胜利,向我开炮!"随即,他抄起爆破筒,跳进敌群……

这是电影《英雄儿女》中的一个场景,影片中英雄王成这句掷地有声的豪言壮语深深铭刻在人们心中。电影改编自巴金从朝鲜战场采访归来写就的小说《团圆》,

讲述了抗美援朝战争中志愿军战士的感人故事。

1950年，中国人民志愿军带着祖国和人民赋予的"抗美援朝、保家卫国"使命，进入朝鲜战场。这是在交战双方力量极其悬殊条件下进行的一场现代化战争。我们的战士冒着严寒，在崇山峻岭中纵横驰骋、前赴后继。无数勇士身负重伤后从血泊中爬起来冲向敌人，顶着敌人的狂轰滥炸坚守阵地，用胸膛堵枪眼，以身躯作人梯，抱起炸药包、手握爆破筒冲入敌群，忍饥受冻决不退缩，烈火烧身岿然不动，即使战斗到只剩一人一枪，仍然顽强地同敌人血战到底，反击敌人的"空中绞杀"，建成了打不断、炸不烂的"钢铁运输线"，"空中拼刺刀"创造了世界空战史上的奇迹。

在上甘岭那场历时43天的拉锯战中，美军每天向我方阵地倾泻式地发射炮弹，坑道中的志愿军如在地狱的怒涛中颠簸。步话机天线全被炸毁，电话线被炸断，为了同指挥部保持联络，电话班牛保才冒着铺天盖地的炮火，用自己的身体接通线路，以生命为代价换来了宝贵的通话时间。

26岁的邱少云，在和500多名战友埋伏在敌人阵地前沿草丛中时，被美军盲目发射的侦察燃烧弹引燃，为了不暴露潜伏部队，他放弃自救，任凭烈火从左腿烧灼到全身，直至壮烈牺牲。漫长的30多分钟里，他一声未吭，一动未动。

21岁的通信员黄继光，在阵地争夺战中请求担任爆破任务。身边的战友相继倒下，黄继光左臂中弹以后依然顽强前进，在手雷不起作用，多处负伤的情况下，他猛然起身奋力扑向地堡，用自己的胸膛死死堵住射击孔……

在这场伟大的抗美援朝战争中，涌现了30多万名英雄功臣和近6000个功臣集体。英雄们说：我们的身后就是祖国，为了祖国人民的和平，我们不能后退一步！

无数志愿军将士，秉承对民族、国家和人民的忠诚信念，以自己的生命，写就不屈意志。在他们大无畏的英雄气概和坚毅赴死的伟大壮举背后，正是"为完成祖国和人民赋予的使命、慷慨奉献自己一切的革命忠诚精神"。

　　习近平总书记在纪念中国人民志愿军抗美援朝出国作战70周年大会上指出："这一战，人民军队战斗力威震世界，充分展示了敢打必胜的血性铁骨！""抗美援朝战争伟大胜利再次证明，没有任何一支政治力量能像中国共产党这样，为了民族复兴、人民幸福，不惜流血牺牲，不懈努力奋斗，团结凝聚亿万群众不断走向胜利。"

抗美援朝精神

为和平与正义而战

● 讲述人

晁 煜

1958年，就在最后一批中国人民志愿军撤离朝鲜时，一首代表志愿军心声的《中朝友谊之歌》诞生了。

这是首凯旋之歌、友谊之歌、胜利之歌，歌词写道："志愿军告别朝鲜，要回家乡。""人民军亲吻着他的战友，志愿军激动地把歌唱。""战斗中生死的友谊，我们怎么能忘。"

1950年，美国直接插手朝鲜半岛事务，并将战火蔓延到了中朝边界。朝鲜发来"极盼望中国人民解放军直接出动援助我军作战"的求援信。中共中央毅然派出中国人民志愿军开赴朝鲜，同朝鲜人民军并肩作战，将敌人从鸭绿江边赶回"三八线"。历时近三年的抗美援朝战争，以中朝人民的胜利宣告结束。

为了人类和平与正义事业而奋斗的国际主义精神，激励着志愿军奔赴朝鲜战场。正如毛泽东所说，出兵参战，"对中国、对朝鲜、对东方、对世界都极为有利"。志愿军行正义之举，他们和朝鲜人民军在冰天雪地里浴血奋战。至今，在朝鲜博物馆里的志愿军塑像上面，还有标语记录着英雄的心声：亲爱的朝鲜啊，同我的故乡和祖国有什么两样啊，我会不惜自己的生命保卫亲爱的朝鲜和亲爱的朝鲜兄弟……

除了并肩作战，志愿军还全力帮助朝鲜人民建设家园、医治创伤。他们组织医疗队，免费为朝鲜人民治病送药；他们开展每人节约1两米的救灾活动，把津贴捐献给朝鲜灾民。他们不仅帮助修堤坝水渠、建桥盖屋，还冒险抢修被敌机炸毁的蓄水池。他们喊出了这样的口号，"工地就是战场""多流一把汗，多增加一分友谊""以建设首都北京的心情建设平壤"。

还有许多志愿军战士，甚至献出了自己的生命，用热血谱写了中朝友谊的光荣篇章。时年21岁的志愿军战士罗盛教，为救不慎落水的朝鲜儿童，向着冰河义无反顾纵身跃下。一次、两次、三次，孩子三次被托出水面，却都没能上岸。罗盛教的体力消耗殆尽，四肢变得麻木僵硬，但是他仍然顽强地再一次沉到水底，找到孩子，并最终将他顶上了冰面。而他自己，却把生命永远定格在了21岁……

"我们有伟大的友谊，我们有共同的理想，把我们团结得无比坚强。"2019年，习近平总书记在朝鲜媒体发表署名文章，用《中朝友谊之歌》的歌词，寄托"把中朝传统友谊传承好、发扬好"的良好愿望。在新时代，我们要传承好先辈们的国际主义精神，同各国人民一道推动构建人类命运共同体，为人类和平与发展的美好未来而不懈努力。

"两弹一星"精神

以身许国:邓稼先

● 讲述人

张 韬

2020年9月16日,国务院新闻发布会上,时任中科院院长白春礼院士表示:我们把美国"卡脖子"的清单变成科研任务清单进行布局……聚焦国家最关注的重大领域,集中全院力量来做。

白春礼院士这番话迅速登上了热搜。这让我想起当初,面对西方国家的技术封锁和军事讹诈,为了维护国家安全、世界和平,打破核

▲ 邓稼先在美国留学

垄断，党中央毅然决然地决定研发原子弹。

1958年秋天，邓稼先接到一个特殊任务：为国家放一个大炮仗。这令他兴奋不已。

8年前，26岁的他在美国获得博士学位，拒绝了美国方面的优越条件，毅然回国。从那时起，他的内心一直在等待这一天。

接受任务后回到家的邓稼先告诉妻子，自己要去参加一个新工作，到哪去，做什么，都不能说，就连通信也不可以。他满心愧疚，却坚定地说："这个家以后就靠你了，我的生命就献给将来要做的工作了，如果做好了这件事，我这辈子就活得很值得，就是为它死了也值得。"

邓稼先被任命为原子弹理论设计负责人，他带领着一群刚刚踏出校门的大学生，开启了艰苦卓绝的工作。

没有试验场，他带着大家就一块砖一片瓦地建设；没有路，他带着大家开出一条柏油路；没有计算机，他带着大家用最原始的算盘演算。

在这样严谨到苛刻的努力下，他成功完成了原子弹和氢弹的设计方案。

1964年10月16日，我国第一颗原子弹爆炸成功。

1966年10月27日，我国第一颗装有核弹头的地地导弹飞行爆炸成功。

1967年6月17日，我国第一颗氢弹空爆试验成功。

1970年4月24日，我国第一颗人造卫星发射成功。

我国"两弹一星"事业的伟大成就，令全世界为之赞叹。

1984年，邓稼先成功带队完成了中国第二代核武器试验。这也是他最后一次在大漠深处指挥试验，因为他的癌细胞已经扩散到全身。几年前的一次空投试验失败，他率先冲了上去，为了得到第一手资料，他抱起了摔裂的原子弹。正是这次暴露，让他患上了直肠癌。

▲ 晚年时的邓稼先

临终之际，邓稼先惦记的仍是："不要让人家把我们落得太远……"

1999年9月18日，在庆祝中华人民共和国成立50周年之际，党中央、国务院、中央军委隆重表彰为我国"两弹一星"事业作出突出贡献的功臣。他们是：于敏、王大珩、王希季、朱光亚、孙家栋、任新民、吴自良、陈芳允、陈能宽、杨嘉墀、周光召、钱学森、屠守锷、黄纬禄、程开甲、彭桓武、王淦昌、邓稼先、赵九章、姚桐斌、钱骥、钱三强、郭永怀。

这一长串沉甸甸的名字，是舍身忘我的时代楷模、是中华民族的坚硬脊梁。

因为有他们，今天的中国，已经笔直地站在世界面前。

有了"两弹一星"的中国，国际威望空前提高。正如邓小平所说："如果60年代以来中国没有原子弹、氢弹，没有发射卫星，中国就不能叫有重要影响的大国，就没有现在这样的国际地位。这些东西反映一个民族的能力,也是一个民族、一个国家兴旺发达的标志。"

 讲述人感悟

今天为大家分享的是"两弹一星"元勋邓稼先的故事。最让我感动和钦佩的是邓稼先先生身上的这种舍生忘死、为国家付出一切的精神。这种精神值得我们每个人、每名共产党员去学习,因为这是一种责任、一种信念,也是一份信仰。

走过百年风雨路的中国共产党,铸造了人间奇迹。在中国共产党的坚强领导下,无数像邓稼先先生这样的时代楷模引领我们,踏上建设社会主义现代化国家的新征程。

"两弹一星"精神

戈壁上盛放的"马兰花"

● 讲述人

佟雅坤

将军院士林俊德,在生命的最后时刻,仍像战士一样冲锋在前、忘我工作的故事,曾经感动了许多人。临终前,他叮嘱大家,他要葬在核试验基地,葬在戈壁荒漠之中,因为他是一个战士,他的一生都在那里做着同一件事,他以此为荣,并为此竭尽全力。

林院士魂牵梦绕的地方,就是马兰。

"有一种花儿名叫马兰,

你要寻找它,请西出阳关,伴着那骆驼刺,扎根那戈壁滩……"

在祖国的西北大漠,有一个以马兰命名的核试验基地,有许多人将自己的一生奉献在那里。林俊德院士,就是其中一员。

去过大漠戈壁的人,都会对那里的黑风、浮尘、沙尘暴印象深刻。"轮台九月风夜吼,一川碎石大如斗,随风满地石乱走""走马川行雪海边,平沙莽莽黄入天"等诗句,是那里的真实写照。

1959年,5万建设大军,浩浩荡荡开进这里。"以戈壁为家,以艰苦为荣"成为他们最响亮的口号。缺少粮食,他们只能徒步几十公里去扛粮食,饿得受不了了,就到戈壁滩上收集可以充饥的骆驼草籽。"吃的东西全是几百公里外拉来的,一车菜从产区拉到场区得两到三天,夏天大部分菜都烂了,冬天只能吃冻菜。"林俊德曾经说,"马兰最难的是取水,远在孔雀河。名字很美,但水是苦的。"

到了夏天,酷热成为又一个考验。这里没有一棵树可以遮阴,地面烫得可以煮熟鸡蛋。大家在外面站久了,脚心便烫得受不了,只能两只脚轮流站立。

核试验总指挥张爱萍将军曾经写下一首歌,歌词是"我们战斗在戈壁滩上,不怕困难,不畏强梁,任凭天公多变幻,哪怕风暴沙石扬。头顶烈日明月作营帐,饥餐沙砾饭,笑谈渴饮苦水浆……"

"两弹一星"的研制过程是极其曲折和艰难的。但是我们的研制人员依靠自力更生、艰苦奋斗的精神,不断攻克难关,他们在大石河畔的荒滩田野建起了我国第一个综合性原子能科学技术研究基地,独立开展原子核物理和粒子理论研究,真正做到了"全面贯彻自力更生"。他们建设我国第一个导弹研究机构,借助简陋的手摇计算机,发扬"蚂蚁啃骨头"的精神,用了一个月时间终于算出第一条弹道。他们风餐露宿,不辞辛劳,克服了各种难以想象的艰难险阻,经受住了生命极限的考验。他们依靠科学,发愤图强,突破了一个个技术难关。

2020年4月23日，在第五个"中国航天日"和"东方红一号"卫星成功发射50周年到来之际，习近平总书记给参与"东方红一号"任务的老科学家回信。在信中，习近平总书记讲述了自己50年前在陕北梁家河听到"东方红一号"卫星发射成功消息后十分激动的事情；并指出，参与"东方红一号"任务的老科学家们"发愤图强、埋头苦干，创造了令全国各族人民自豪的非凡成就，彰显了中华民族自强不息的伟大精神"。他强调，"不管条件如何变化，自力更生、艰苦奋斗的志气不能丢"，要"大力弘扬'两弹一星'精神，敢于战胜一切艰难险阻"。

 讲述人感悟

我是18岁就参加了播音工作，我觉得非常地荣幸和光荣。很多国家的重大的事件，都是从我们广播电台播音员的口中宣传出去的。我能用我的声音向全国人民宣传我们的党、歌颂我们伟大的党，我感到特别荣幸。

我知道，自己从事的是一种事业，我有责任把工作做好。我希望我的年轻的同行们能够继承、发扬这种精神，在不断发展变化的新的形势下把我们的广播电视办得更好，为广大的听众、观众送去丰富的精神食粮。

"两弹一星"精神

"两弹一星"是民族的光荣伟业

● 讲述人

张宝东

"两弹一星"元勋彭桓武是我国核物理理论、中子物理理论以及核爆炸各层理论的奠基人。他曾作为第一获奖人,因"原子弹氢弹设计原理中的物理力学数学理论问题"获得国家自然科学一等奖。当同志们把唯一一枚奖章送给他时,他说:"这是集体的功勋,不应由我一人独享。"他提议由集体保存奖章,随即写下:"集体、集体、集集体;日新、日新、日日新。"

"大鹏之动,非一羽之轻也;骐骥之速,非一足之力也。"大力协同、勇于登攀,是成就"两弹一星"事业的重要保证。

"两弹一星"是规模空前、高度综合的科技工程。在毛泽东"大力协同做好这件工作"的指示下,在党的集中统一领导下,全国"一盘棋",协同攻关,大大加速了"两弹一星"研制进程。聂荣臻回忆,组建导弹研究院时,"干部很快就调齐了。许多单位,我们要调它的教学或技术骨干。各部门的领导同志总是要什么人就给什么人,一般不说二话,广大科技人员就更是朝令夕到,以承担国防方面的技术攻关任务为荣"。

在技术层面,为了更好地实现各单位、各部门、各学科间的协作攻关,周恩来反复叮嘱大家:要发扬风格,通用的技术不要保密,不要有门户之见,要拧成一股绳。于是,成千上万的科研人员通力合作,形成了强大的科研攻关协作网,集中力量,重点突破。全国先后有26个部(院),20个省区市,包括1000家左右工厂、科研机构和大专院校参加攻关会战。原子弹研制中的"九次计算""草原大会战",氢弹原理突破中的"群众大讨论""上海百日攻坚战"等,都是集体攻关、团结协作的结果。在这个科研攻关协作网里,北京和上海的计算机所一起为核武器研制提供了当时国内性能最好的电子计算机;西安和长春的光机所一起研究的高速摄影机,在首次核试验火球摄影和测定中发挥了作用。

除技术的合作共享之外,物质材料的组织协调也尤为重要。这是一件极为具体且烦琐的事情。当把核装置从青海的研制基地用专列运往新疆的试验基地时,为了核装置的安全,检查专列沿线的铁锤全部换成了铜锤,列车用的所有煤都经过反复过筛。列车所经之处,高压电线也暂停供电。对此,钱学森这样感叹说:"我们体会,中国在那样一个工业、技术都很薄弱的情况下搞'两弹',没有社会主义制度是不行的。"

党的十八大以来,习近平总书记多次谈到"两弹一星"精神及其时代价值。2018年7月13日,习近平总书记主持召开中央财经委员会第二次会议。会议指出,突破关键核心技术,关键在于有效发挥人的积极性,要发扬光大"两弹一星"精神,形成良好精神面貌。

中国医疗队精神

大爱无疆

● 讲述人

李文静

2014年11月，江西新余妇幼保健院的女医生郭璐萍作为中国第21批援非医疗队员，前往非洲大陆最北端的国家——突尼斯。她所在的医院位于撒哈拉沙漠边缘，整个产科只有一个病房、一个医生。郭璐萍每天的手术少则四五台，多则十几台，碰到情况危急的病患还要同时承担多台手术，经常要工作到深夜。

卫生援外工作是我国外

交工作的重要内容，在郭璐萍援助突尼斯前，已经开展半个多世纪了。1962年7月，非洲北部的阿尔及利亚赢得独立。由于外籍医务人员的撤出，该国面临缺医少药的困难境地。阿尔及利亚政府随即向世界发出紧急医疗援助的呼吁。1963年1月，中国第一个对外宣布派医疗队赴阿尔及利亚。中国政府还捐赠了药品和医疗器械，开启了中国援外医疗的历史。

改革开放后，随着对外交往的不断扩大，中国向发展中国家派遣援外医疗队的数量在逐渐增加。除非洲之外，还有亚洲、拉丁美洲、大洋洲等地。

进入新世纪，中非合作论坛成立，中国政府继续向非洲国家派遣医疗队，成为论坛框架下中国对非洲援助的重要举措之一。

2014年，西非埃博拉疫情暴发。中国开展了前所未有的大规模卫生援外行动，派遣1200多名医护人员，派出30多批公共卫生、临床医疗和实验检验专家组。西非三国流传着这样一句话："有些人因为埃博拉走了，中国人却因为埃博拉来了。"

2020年，新冠疫情肆虐，中国第20批援喀麦隆医疗队的25名医护人员依然在坚守岗位。医疗队的公众号上还有他们工作的点点滴滴：手术中突然停电，医生们拿手机当手电筒坚持完成手术；医疗设备不足，医疗队自己改造氧气罐和麻醉机来为病人进行静脉复合全麻手术……

护佑苍生，兼济天下。中国援外医疗队用勇气与担当践行人道主义精神，用仁心与博爱带来温暖与希望，被誉为"白衣使者"、"南南合作的典范"和"最受欢迎的人"。

2013年8月16日，习近平总书记亲切会见全国援外医疗工作先进集体和先进个人代表，向曾经参加和正在国外执行任务的援外医疗队全体同志致以诚挚的慰问。习近平总书记说，大家远离祖国和亲人，克服了种种困难，以实际行动铸就了"不畏艰苦、甘于奉献、救死扶伤、大爱无疆"的中国医疗队精神，展示了中国人民热爱和平、珍视生命的良好形象。

雷锋精神

做社会主义一颗永不生锈的螺丝钉

● 讲述人

春天姐姐（戴莹）

"学习雷锋好榜样，忠于革命忠于党……"这首名为《学习雷锋好榜样》的歌曲，创作于1963年，并迅速在全国城镇农村、千家万户流传开来，已经传唱了58个春秋。每次唱响它时，我们就会想起雷锋和雷锋精神。

雷锋出生于湖南望城县安庆乡的一个贫农家庭。入伍前，他先后在乡、县当过通讯员，在农场当过拖拉机手。1958年9月，雷锋响应

▲ 雷锋

▲ 1963年，毛泽东题词"向雷锋同志学习"

支援鞍钢的号召，到鞍山做了一名推土机手。在鞍钢当工人时，有一次，他见地上有颗生锈的螺丝钉，就一脚踢开了。一旁的书记把钉子捡起来说："别看它小，机器上没它就是不行，而像你我，都是革命的一颗螺丝钉，少了谁都不行。"雷锋深深地记住了这句话，他在日记中写道："螺丝钉虽小，其作用是不可低估的。我愿永远做一颗螺丝钉……"

参军后，雷锋勤学苦练基本功，各项科目成绩都是优良。他助人为乐，为集体、为人民做了大量的好事：把平时积存的200元钱无私奉献给抚顺人民公社和辽阳灾区人民；用自己的津贴费给丢了火车票的大嫂补票；主动帮助外出老人；利用闲暇时间担任校外辅导员……

雷锋走过的地方，都留下了数不清的好事，只要是对国家、对集体、对人民有利的事情，他都自觉自愿地积极去做。有人说雷锋不计回报是个"傻子"，他回应说："我要做一个有利于人民、有利于国家的人。如果说这是'傻子'，那我甘心愿意做这样的'傻子'。"

1962年8月15日，在一次执行运输任务时，雷锋因意外而殉职，年仅22岁。

1963年3月5日，《人民日报》发表了毛泽东"向雷锋同志学习"的题词。

2018年9月28日，习近平总书记在参观雷锋纪念馆时强调："雷锋是时代的楷模，雷锋精神是永恒的。"

没有哪一种生命比活在人们心里更长久，没有哪一种精神比引领人的成长更永恒。雷锋精神就是这样。雷锋车队、雷锋志愿团、雷锋班、雷锋连……我们看到，雷锋早已化成千万，雷锋就在你我身边。

习近平总书记强调，我们要见贤思齐，把雷锋精神代代传承下去。学习雷锋精神，就要把崇高的理想信念和道德品质追求融入日常的工作生活，在自己岗位上做一颗永不生锈的螺丝钉。

讲述人感悟

2021年"六一"晚会，我们少儿频道的主持人参演了一个节目，就叫《雷锋的故事》，我们重温了雷锋做好事不留名、全心全意为人民服务的故事。在节目中，当有人问"雷锋"，你做了好事，你叫什么名字，"雷锋"会说我叫解放军。今天当你做了好事，别人问，你叫什么名字，我们都会说叫我"雷锋"。在我们每一个人的心中，雷锋精神已经深深地植入在心里。

作为一名少儿频道的主持人，我经常和小朋友们在一起，他们一个个都是小雷锋，他们团结友爱，他们热情互助，他们诚实守信。从我做主持人的那一天开始,雷锋就是我的榜样,他全心全意为人民服务,而我要全心全意为小朋友们服务。

我相信,雷锋精神将会一代一代地传承下去,我们每个人的心灵都会变得很有温度。

焦裕禄精神

永不磨灭的丰碑

● 讲述人

朱广权

2020年的新冠疫情改变了生活，也带动了很多新兴职业，网络直播带货就是其中之一。令人惊喜的是，很多基层的党员干部，县长、县委书记们也纷纷架起了手机，开始"带货"！其实，早在20多年前，就有一位党员干部，站到了柜台前。

那是2000年11月，时任河南省杞县县长，风风火火扛起大蒜进京，把杞县大蒜摆在王府井一家百货店的柜台前，自己做起了推销员，人称"大蒜县长"。"大蒜县长""出摊"第一天，所有产品就卖光卖完，还有一些商场、超市发出了邀约要洽谈。这位"大蒜县长"，就是焦裕禄同志的儿子——焦跃进。

2020年9月22日，中国农民丰收节河南省主会场活动在开封市举行。有机红薯、巨型南瓜、山野蜂蜜……琳琅满目的农产品摆满展区，

▲ 焦裕禄

人人脸上都洋溢着丰收的喜悦。人群中，大家注意到焦跃进忙碌的身影。喜庆丰收的这一幕场景，曾是他的父亲焦裕禄同志最大的心愿。

1962年冬天，正是兰考县遭受内涝、风沙、盐碱"三害"最严重的时刻。党派焦裕禄来到了兰考。到兰考的第二天，焦裕禄就直接下乡了解受灾情况。

一个风雪交加的夜晚，焦裕禄召集县委委员开会，干部们被焦裕禄领着去了火车站。车站屋檐下，逃荒的灾民扶老携幼拥挤着，等着国家运送灾民前往丰收地区的专车，从这里开过……

焦裕禄指着他们说："同志们，党把这个县36万群众交给我们，我们不能领导他们战胜灾荒，应该感到羞耻和痛心！"

所有县委委员沉默了……

此后，焦裕禄组织兰考县大批干部和调查员以及有经验的农民，成立了120人的"三害"调查队，下决心把兰考县1800平方公里土

地上的自然情况摸透。多少次，身患慢性肝病的焦裕禄带头查风口、探流沙、查看洪水流势。风里、雨里、沙窝里、激流里5000多里的跋涉，焦裕禄终于抓到了兰考"三害"的第一手资料，基本掌握了水、沙、碱发生和发展的规律。

焦裕禄的肝病也越来越重了。他经常把右脚踩在椅子上，用右膝顶住肝部，左手揣在怀里，按着疼痛部位，他办公时坐的藤椅上，右边被顶出一个大窟窿。

1964年5月14日，焦裕禄同志积劳成疾患肝癌离世，年仅42岁。他留下遗愿，希望葬在兰考的沙丘上，看着兰考改换面貌的那一天。

在兰考工作475天，焦裕禄只留下四张照片，其中有一张是他在朱庄村植下一棵泡桐树后的留影，兰考人民把这棵泡桐树称为"焦桐"。

2017年2月，兰考县正式退出贫困县序列。2020年，全县生产总值完成383.24亿元。

在焦裕禄精神的鼓舞下，兰考人民战胜了"三害"，实现了脱贫，如今正大跨步走在乡村振兴的前列。

"魂飞万里，盼归来，此水此山此地。百姓谁不爱好官？把泪焦桐成雨。生也沙丘，死也沙丘，父老生死系。暮雪朝霜，毋改英雄意气！……"

兰考，焦桐广场，习近平总书记词作《念奴娇·追思焦裕禄》镌刻在石碑上，被人们一遍一遍地诵读。"亲民爱民、艰苦奋斗、科学求实、迎难而上、无私奉献"的焦裕禄精神，跨越时空、历久弥新，是亿万人心中永不磨灭的丰碑。

大庆精神（铁人精神）

大庆，寄托希望的地方

● 讲述人

胜　春

  在新中国的历史上，有一个油田，为了庆祝它的发现，大家给它取了一个喜气洋洋的名字——大庆油田。

  中国是世界上最早发现石油的国家之一，在近代，却戴上了"贫油"的帽子。西方学者甚至说，这里"没有一口井有工业价值"。面对"贫油"诊断书，李四光等科学家提出了陆相生油理论。根据这一理论，1958年，党中央作出石油勘探战略东移的重大决策。1959年，在松辽盆地，发现了大型油田。

在新中国成立10周年前夕，喜讯传来。于是，人们将它命名为"大庆油田"。

百废待兴的新中国，到处都缺油。大庆油田，让中国看到了翻身的希望。中央决定，进行声势浩大的大会战，开发大庆油田。于是，3万退伍军人，几十支钻井队，几千名科技人员，上万名工人和7万余吨器材设备，从四面八方，聚集在松辽盆地。

当时，大庆三矿四队刚组建不久，新来的工人因为操作失误挤扁了刮蜡片，还让材料员为他保密。队长辛玉和知道后，对他进行了严肃批评。随后，他们召开事故分析现场会，牢固树立"法兰不能缺一颗螺丝，阀门不能有一丝渗漏，报表不能有一处涂改"的严谨态度。久而久之，"对待革命事业，要当老实人、说老实话、办老实事，干革命工作，要有严格的要求、严密的组织、严肃的态度、严明的纪律"的"三老四严"精神，在大庆蔚然成风。

劳动英雄周占鳌，被誉为"最讲认真的人"。1960年至1977年，他所在的十一中队建泵站28座，安装井口2772套，铺管线1394公里，焊接焊口超74.28万道，质量全优。

依靠爱国、创业、求实、奉献的精神，到1963年底，大庆石油人通过三年的石油会战，结束了中国使用"洋油"的时代，把"贫油"的帽子甩进了太平洋。1964年1月25日，毛泽东向全国发出号召："工业学大庆"。周恩来曾三次到大庆参观、视察，他赞扬大庆，"真称得起是'艰苦奋斗，自力更生'的典范"。

习近平总书记指出："党中央作出石油勘探战略东移的重大决策，广大石油、地质工作者历尽艰辛发现大庆油田，翻开了中国石油开发史上具有历史转折意义的一页。"

2021年8月25日，大庆再次向全国发出值得庆贺的消息：大庆油田依靠自主创新，突破传统理论，发现预测地质储量12.68亿吨的页岩油田。我国不仅实现了从陆相页岩生油到陆相页岩产油的理论突破，也实现了页岩油勘探开发关键工程技术的突破。

大庆精神（铁人精神）

铁人王进喜

● 讲述人

鲁 健

"有条件要上，没有条件创造条件也要上！"这熟悉的金句，您知道是谁说的吗？

1959年9月26日，随着一股工业油流从松辽盆地北部的"松基3井"喷涌而出，大庆油田正式诞生，这粉碎了国际敌对势力以石油为武器，对新中国进行政治孤立、经济封锁、军事威胁的企图。从此，中国甩掉了"贫油"的帽子。

▲ 工人用滚杠加撬杠装运钻机

1960年，王进喜率队奔赴大庆油田参加石油大会战。会战之初，几万人马一下子涌到萨尔图草原，困难重重。钻机到了，吊车不够用，几十吨的设备怎么从车上卸下来？

"有条件要上，没有条件创造条件也要上！"王进喜喊出了这句后来广为人知的口号，带队人拉肩扛运钻机，用滚杠加撬杠，靠双手和肩膀，奋战3天3夜，38米高、22吨重的井架迎着寒风矗立于荒原。要开钻，可水管还没接通。王进喜带领工人拿着脸盆、水桶到附近水泡子里破冰取水，一盆盆、一桶桶地往井场端了50吨水。5天零4小时的艰苦奋战，王进喜率领一二〇五钻井队打出了大庆第一口油井，并创造了年进尺10万米的世界钻井纪录。

1960年4月29日，一二〇五钻井队准备往第二口井搬家时，右腿被砸伤的王进喜在井场仍坚持工作。由于地层压力太大，第二口井打到700米时发生井喷，没有压井用的重晶粉，王进喜当即决定用水泥代替。成袋的水泥倒入泥浆池却搅拌不开，危急关头，

王进喜用身体搅拌水泥浆

王进喜不顾腿伤，扔掉拐杖，奋不顾身跳进齐腰深的泥浆池，用身体搅拌水泥浆，最终制服井喷。可王进喜累得站不起来。房东大娘心疼地说："王队长，你可真是铁人啊！""铁人"二字就此传开。

王进喜那句"有条件要上，没有条件创造条件也要上"的口号，极大地振奋了全国人民建设社会主义的信心和勇气。

截至2019年，大庆已为共和国开采了23.9亿吨原油、1320亿立方米天然气，成为名副其实的世界级大油田。

大庆油田的开发建设，铸就了以"爱国、创业、求实、奉献"为主要内涵的大庆精神（铁人精神），造就了一支敢打硬仗、勇创一流的优秀职工队伍，涌现了铁人王进喜、新时期铁人王启民等不少在全国很有影响力的先进典型，形成了团结凝聚百万石油人的强大精神动力，集中展现了我国工人阶级的崇高品质和精神风貌。大庆精神（铁人精神）已经成为中华民族伟大精神的重要组成部分，永远是激励中国人民不畏艰难、勇往直前的宝贵精神财富。

 **讲述人感悟**

铁人王进喜的故事,大家都非常熟悉了,包括故事的很多细节。但是我觉得在今天重新讲述铁人王进喜的故事,还是非常感动。

有一年中秋晚会在大庆录制,在现场我就被冻感冒了。可以想象,(20世纪)60年代初,大庆冬天的户外是什么样的温度,他们要去水泡子里破冰取水。取回来多少水?是50多吨水!他们就用脸盆一盆一盆地端回来、用水桶一桶一桶地拎回来。

我们设身处地重现一下现场,想想能不能做到。所以,我觉得今天的这个时代,可能很多年轻人更应该重新找回铁人精神,从那一代人的身上汲取不一样的力量。同样,在新的时代,我们依然会面临各种各样的困难,但是,有条件要上,没有条件创造条件也要上。只要有这种精神,我们国家的发展何惧任何挑战!

红旗渠精神

"人工天河"红旗渠

● 讲述人

雷 鹏

在雄伟的太行山中,有一条全部靠人工开凿出的水渠,它是20世纪60年代,林县人民在极其艰难的条件下,从太行山腰修建的水利工程——红旗渠,被誉为"世界水利第八大奇迹"。

翻开《林县志》,反复出现的是"旱""大旱""连旱""凶旱"。当地流传的民谣是:"咱林县,真可怜,光秃山坡旱河滩;雨大冲得粮不收,雨少旱得籽不见;一

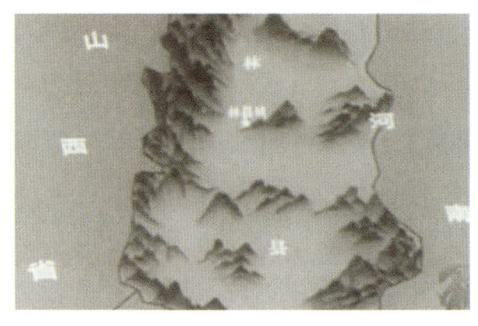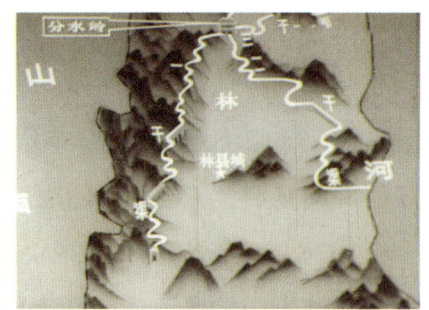

▲ 纪录片《红旗渠》中水渠的规划设计

年四季忙到头,吃了上碗没下碗。"

1959年,林县又遇到了前所未有的干旱。为了彻底解决缺水问题,林县县委召开会议,决定在太行山腰上修建水利工程,引漳水入林。

1960年2月11日,农历正月十五,37000多人走进了太行山,他们不是专业工人,而是来自林县不同村镇的农民,父子相随,夫妻相伴。他们身上,是全林县人的唯一重托:"一定要把水带回来!"人们没有想到,这个工程一干就是10年。

缺少炸药,大家就在火药中混入锯末、煤灰,自制煤炮代替响炮;缺少水泥石灰,大家就用堆石烧灰法解决难题;缺少钢钎,大家就把用过的钢钎变短钎继续使用;缺少测绘仪器,农民水利专家路银就用传统的"水鸭子"代替水平仪,加上仅有的两台制式经纬仪,完成了总干渠全部测量工作。国家水利部门验收时,所有数据与设计标准不差毫厘。

1960年春,红旗渠首拦河坝工程,95米的坝体只剩下10米宽的龙口尚未合龙,河水奔腾咆哮,500多名共产党员、共青团员跳进冰雪未消、寒气逼人的急流中,排起三道人墙,手挽手、肩并肩,高唱《团结就是力量》,挡住了汹涌的河水……

为了建设红旗渠,前后30多万人投身其中,先后有81位干部和群众献出了宝贵生命。如果把挖出的土石垒成高2米、宽3米的墙，可以从广州一直修到哈尔滨。

1969年7月，历时10年，全长1500公里的红旗渠工程全部竣工。闸门开启，漳河水滚滚而来时，站在渠边的人都哭了。

1974年，新中国首次在联合国大会播放影片，第一部放映的就是跟拍了10年的纪实影片《红旗渠》。"人工天河"红旗渠的故事，在世界上引起了震动，也给世人留下了"自力更生、艰苦创业、团结协作、无私奉献"的红旗渠精神。

习近平总书记指出，红旗渠精神是我们党的性质和宗旨的集中体现，历久弥新，永远不会过时。

讲述人感悟

我作为一名有着十几年党龄的共产党员，能够参加这次《非凡百年》的录制，非常荣幸。

我参加工作之后去到红旗渠，真正感受到了红旗渠精神，感受到当年先辈为了解决几十万人的吃水问题，自力更生、艰苦奋斗给人们带来的震撼和感动。

相信这种红旗渠精神，对我们接下来的工作，特别是我们作为党员干部接下来要承担的职责和使命必将影响深远，让我们能够有更好的精神动力去做好接下来的工作，在本职岗位上发挥好一个记者、一个主持人应有的作用。

北大荒精神

喜看稻菽千重浪

● **讲述人**

姚雪松

在第三套人民币的壹圆纸币上，印着新中国第一位女拖拉机手的形象，她的原型名叫梁军，是北大荒最早的建设者之一。1948年，18岁的梁军在黑龙江北安参加拖拉机手培训班，是班上70多名学员当中唯一的女学员。为了学好驾驶技术，她咬牙搬起了几十斤重的拖拉机零件。就这样，梁军以坚韧的意志力参加到北大荒的开发建设中。

在我国东北地区小兴安岭南麓，有一片"冒油花"的肥沃黑土地，叫作北大荒。这里荆莽丛生，沼泽遍布，风雪肆虐，野兽成群，全年2/3的时间处于霜冻期，自然环境极端恶劣。为了开发这片荒地，1949年3月，东北行政委员会派农业部秘书丰年同志率领9名先遣人员踏上了茫茫雪原。9个人举行了建场典礼，对空鸣枪3声，作为庆贺的礼炮，9双手紧紧握在一起，宣誓一定要让这片荒原变粮仓。

理想很丰满，现实很骨感。

"60里地当邻居，30里地南北炕"，说的就是当时北大荒的荒凉。没有房住，先遣队员们就搭马架子、盖窝棚、挖地窨子。雪深没腰，大雪被风一刮，屋里就是一层冰。晚上睡觉要带皮帽子，早上起来，眉毛、帽子和被子上都会落下一层霜，铺的毡子全冻在了炕上……第一批垦荒者愣是这样扎下了根。

到了20世纪50年代中期，王震将军先后率领铁道兵和10万转业官兵挺进荒原，展开了大规模的开发建设。"早起三点半，归来星满天。啃着冰冻馍，雪花汤就饭。走着创业路，不怕万重难。"这是当年的顺口溜。

在这块神奇的黑土地上，数不清的优秀儿女把一生奉献给了垦荒事业。他们当中有老红军战士余永清；有身残志坚的荣誉军人迟子强；有战斗英雄李国富；有支边青年模范人物杨华；还有城市知识青年的优秀代表徐淑芳；更有献身科技事业的专家张元培。

开拓进取的北大荒人在黑土地上孕育出了"艰苦奋斗、勇于开拓、顾全大局、无私奉献"的北大荒精神，把5万多平方公里的漠漠大荒原建成了闻名遐迩的现代化农业垦区。年产粮曾经只有480万斤的北大荒，如今连续10年年产粮稳定在400亿斤以上，可以满足1.6亿城乡居民一年的口粮供应。

2018年9月，习近平总书记在黑龙江农垦建三江管理局考察的时候感慨道："半个多世纪过去了，北大荒发生了沧桑巨变，机械化、信息化、智能化发展很了不起，非常鼓舞信心、鼓舞斗志。""喜看稻菽千重浪，遍地英雄下夕烟。"北大荒精神将激励一代代中华儿女，为"中国粮食，中国饭碗"而锐意进取，忘我奉献！

讲述人感悟

接到这样一篇跟北大荒相关的文字之后，我由衷地感到非常荣幸，因为我也是黑龙江人，跟北大荒有着一种非常亲切的渊源。

我在很小的时候一直有一个印象，跟"农垦"这两个字息息相关，就是我的身边总会有那么一个特殊存在的群体，他们甚至连语言都跟周围的人不太相同，可能来自北京、来自天津、来自山东，来自西北，他们从远离北大荒这片土地的地方过来，来建设北大荒。他们的家人，他们的父辈，甚至是祖辈，把青春年华，把一生奉献给这里。

在这一段时间的学习当中，我觉得一篇篇的故事，我们先辈所走过的一段一段的经历和历程，对我们所有的人都是一种激励和鼓舞。同时，我觉得这样一个重温中国共产党建党历史的过程，也是非常珍贵的。

塞罕坝精神

"六女上坝"

● 讲述人

林 溪

今天这个故事要从一段对话说起。

20世纪60年代,有一个苏联人说:"我就不明白中国这么大,你们为什么非要在这个地方做徒劳无功的事情?"

答者道:"因为我们爱这片土地!"

这是电视剧《最美的青春》中的一个动人情节:当时的苏联专家断言在塞罕坝不可能种活树,便提出了质

▲ 《最美的青春》剧中人物原型合影

问,而答者是电视剧的主角冯程。《最美的青春》讲述的是一代种树人在塞罕坝植树造林的故事。剧中六位女青年的故事,就是根据现实中"六女上坝"的感人事迹改编而来的。

塞罕坝是蒙汉合璧语,意为"美丽的高岭",位于河北省北部,20世纪60年代,这里是一片茫茫荒原。

1964年,19岁刚刚高中毕业的陈彦娴和同宿舍的姐妹史德荣、甄瑞林、王桂珍、王晚霞、李如意,一共6人,怀着"到祖国最需要、最艰苦的地方去锻炼"的志向,主动申请来到了塞罕坝。

"黄沙遮天日,飞鸟无栖树",这就是当时塞罕坝的真实写照。彼时的塞罕坝是荒僻苦寒之地:一个茅草屋、一张大炕、窗户四处漏风;吃的是黑莜面饼,难以下咽;为了播好种,动作要练上几千遍,练到手上磨出泡、胳膊肿得抬不起来;而冬天又冷得要命,为了不让幼苗失水,双腿要泡在冰冷的水中长达几个小时,腿脚经常僵住,不听使唤,罗圈腿、风湿病几乎人人都有……

然而,生活的艰苦和自然环境的恶劣,并没有磨灭人们投入工作的热情。当时的塞罕坝有这样的一副对联,描绘了那时大家的心理状态,这副对联是这样写的:"一日三餐有味无味无所谓,爬冰卧雪冷乎冻乎不在乎",横批是"乐在其中"。这副对联特别朴实而又充满力量,感人至深,令人动容。

半个多世纪以来,三代塞罕坝林场人以坚韧不拔的斗志和永不言败的担当,坚持植树造林,建设了百万亩人工林海。

塞罕坝人种下的不仅是一棵棵树，更是一种信念、一种精神。

如今，塞罕坝建成了112万亩世界最大人工林，这里有4.8亿棵树，可以绕地球赤道12圈。塞罕坝每年为北京、天津地区输送净水1.37亿立方米、释放氧气55万吨，成为守卫京津的重要生态屏障。塞罕坝被誉为"河的源头、云的故乡、花的世界、林的海洋"。

2017年，习近平总书记对塞罕坝林场建设者的事迹作出重要批示。习近平总书记指出，河北塞罕坝林场的建设者们听从党的召唤，在"黄沙遮天日、飞鸟无栖树"的荒漠沙地上艰苦奋斗、甘于奉献，创造了荒原变林海的人间奇迹，用实际行动诠释了绿水青山就是金山银山的理念，铸就了牢记使命、艰苦创业、绿色发展的塞罕坝精神。他们的事迹感人至深，是推进生态文明建设的一个生动范例。习近平总书记强调，要坚持绿色发展理念，弘扬塞罕坝精神，持之以恒推进生态文明建设，把我们伟大的祖国建设得更加美丽，为子孙后代留下天更蓝、山更绿、水更清的优美环境。

如今，距离"六女上坝"已经过去50多年的时间了，回忆起生命中激情燃烧的岁月，当年"六女上坝"的发起人陈彦娴老人微笑着说："我就是一个普通的育林人，我们完成了党和国家交付的任务，完成了我们这一代人所肩负的使命，没有辜负党和人民的期待，把塞罕坝这片荒原变成了百万亩林海，这是我们应该做的。"

讲述人感悟

我给大家讲述的这个故事叫作"六女上坝"，是关于塞罕坝的故事。恰巧我的名字叫林溪，它当中就有绿水青山的意境，所以，我觉得和这个故事特别有缘分，我是怀着满满的感动和感恩之情来讲述这个故事的。

我在准备讲述的时候，搜了很多的资料，这当中有一张照片是让我印象特别深刻的。在这个照片当中,我看到几位女生她们都洋溢着那种青春的笑脸,眼神当中透露出了非常坚毅的神色,而且在这个照片上写了四个大字叫作"勇往直前"。

  这些可爱的女生,包括塞罕坝初期的建设者们,把他们最好的青春奉献给了林场、奉献给了祖国的建设、奉献给了这片永恒的绿色丰碑。所以,我想塞罕坝的那些遮天蔽日的林海,也一定会永远记得这些青春的笑脸,我们也会永远记得。

"两路"精神

川藏公路、青藏公路创奇迹

● 讲述人

纪 萌

    1965年8月25日,拉萨河上彩旗飘扬,这一天是拉萨大桥通车的日子。10年前建成的钢木结构桥梁"光荣退休",钢筋混凝土桥梁"上岗履新",藏汉人民共同欢庆这座幸福金桥的建成。这是藏族同胞生活改善的一个片段,也是"两路"建设发展的一个缩影。

    1950年初,时任中国人民解放军第十八军军长的张国华奉命入藏,进藏道路却只有一条路况险峻的驿道,被称为"羊肠小道猴子路,云梯溜索独木桥"。由于交通不便,一年只能往返一次,修建进藏道路迫在眉睫。

然而,筑路谈何容易!这里地势险要,大江大河多、高山峡谷多、悬崖绝壁多。有人这样回忆:"曾有一个排的战士,拴上绳子坠到半山腰的一块巨石上打炮眼。忽然一块巨石从山顶滚落,整个排的战士,连着巨石直接滚到帕龙江里了。"可是,就是在这样的

▲ 筑路大军在雪域高原上通天堑、修坦途

天险之地,由中国人民解放军、四川和青海等地各族人民以及工程技术人员组成的11万筑路大军并肩作战,在雪域高原上通天堑、修坦途。

1954年,川藏、青藏公路同时通车,总长4360公里。两条公路的建成,结束了西藏没有现代公路的历史,在"世界屋脊"创造了公路建设史上的奇迹。开路将军慕生忠曾深情地说:"我一生中最美好的岁月,是在青藏高原上的荒漠冰川冻土间度过,我思念这里的一山一水……"在修路过程中,3000多名英烈甘当路石、捐躯高原,将自己宝贵的生命献予了这份伟大的事业。

2014年,习近平总书记就川藏、青藏公路建成通车60周年作出重要批示,这两条公路的建成通车,是在党的领导下新中国取得的重大成就,对推动西藏实现社会制度历史性跨越、经济社会快速

发展，对巩固西南边疆、促进民族团结进步发挥了十分重要的作用……60年来，在建设和养护公路的过程中，形成和发扬了一不怕苦、二不怕死，顽强拼搏、甘当路石，军民一家、民族团结的"两路"精神。

在川藏、青藏公路线上，一家几代人都在道班上工作的情况并不鲜见。秋雁平，1985年在雁石坪公路段参加工作，从当初的开路到如今的护路，一代代"两路"人以行动坚守传承着"两路"精神。

人在路上，路在心中。川藏、青藏公路是民族团结之路，也是西藏各族同胞共同富裕之路，而贯穿其中的"两路"精神便是中华民族始终团结一心、共同向美好生活迈进的新时代号角。

讲述人感悟

都说一次西藏行，一生西藏情，我对西藏有着深情厚谊。因为在2010年的时候，我曾代表中央电视台去援藏，另外，我非常好的朋友，他们家几代人在西藏，为了修建西藏铁路，那一条"天路"，付出了他们的青春。

可能我们在新闻报道中或者在一些影片中看到他们非常孤独地养路和筑路，但是实际上他们的那种苦，我觉得可能是我们在城市里生活的人无法深切体会的。有的时候在某一个站点只有一个人守着，一个人来养护那段路段，可能几个月都下不来，尤其是当冬天大雪封山的时候。一是让我很感动，二是让我对他们肃然起敬。

我刚去西藏的时候头真的很疼，就是疼到晚上会撞墙的程度，所以我觉得他们能这样坚守，能修川藏公路、青藏公路，川藏铁路、青藏铁路，真的是太不容易了，他们才是真正的平凡而伟大的人。

老西藏精神

缺氧不缺精神

● 讲述人

达瓦玉珍

"男儿壮志当报国，藏汉团结重如山。高原有幸埋忠骨，何须马革裹尸还。"这首铿锵有力的诗作，题为《贺人民解放军进驻拉萨》。它的作者是谁呢？他就是曾率领中国人民解放军第十八军进藏，完成和平解放西藏任务的解放军高级将领——谭冠三。

"坚决把五星红旗插上喜马拉雅山，让幸福的花朵开遍全西藏。"1950年3月，以中国人民解放军第十八军为主力的进藏部队在誓师大会上发出铿锵誓言。为解放深受封建农奴制压迫的百万农奴，十八军指战员顶风冒雪、忍受饥饿，历时一年零九个月，完成了号称"第二次长征"的进军西藏任务。进藏部队的老战士曾回忆说："我们从昌都到拉萨，走了一年，在食物严重匮乏的条件下，战士们克服重重困难，主要靠野菜充饥，一人一年就要挖400公斤的野菜。"

在完成和平解放西藏的任务后，十八军积极响应军委"向荒野进军、向土地要粮、向沙滩要菜"的号召，在拉萨河畔的荆棘林中、沙石滩上开荒种地，全心全意为藏族人民办好事、办实事。

岁月悠悠，在十八军的精神感召下，几代驻藏官兵、援藏干部同西藏各族群众一道，孕育传承了"特别能吃苦、特别能战斗、特别能忍耐、特别能团结、特别能奉献"的"老西藏精神"。

70多年来，西藏的变化翻天覆地，"老西藏精神"却历久弥新。

2006年7月1日，一条"天路"成为献给党85岁生日的最好礼物——青藏铁路二期工程全线通车。这条铁路也成为推动青藏高原发展的"幸福路"。

在这方雪域高原上，还闪现着无数动人的名字："100位新中国成立以来感动中国人物"之一的孔繁森；主动请缨援藏，培养出西藏大学第一位植物学博士的复旦大学教授钟扬；几十年如一日，全心全意为官兵和藏区群众服务的"雪域高原好军医"李素芝……

广大党员、干部，特别是西藏党员、干部要发扬"老西藏精神"，缺氧不缺精神、艰苦不怕吃苦、海拔高境界更高，这是习近平总书记的殷殷嘱托。一代又一代的援藏干部、一批又一批的援藏医疗队，一拨又一拨驻藏官兵，扎根雪域高原，正不断为"老西藏精神"注入新的时代内涵。

兵团精神

屯垦戍边铸忠诚

● 讲述人

尼格买提

　　在祖国的西北边陲，有这样一支特殊的部队：他们不列入军队编制，不拿军饷，不穿军装，永不换防。他们工作生活在边境沿线、沙漠边缘，靠着艰苦奋斗、努力开拓，把戈壁变成良田，把荒漠变成绿洲。

　　这支特殊的队伍，就是新疆生产建设兵团。

　　1949年，一支以开荒南泥湾的三五九旅为主体的英雄部队进驻天山南北。1954

▲ 屯垦戍边的英雄部队

年,为了国家统一、民族团结、边防巩固,他们遵照党中央、毛主席的指示,"把战斗的武器保存起来,拿起生产建设的武器",集体转业并屯垦戍边。从此,他们就一辈子留在了这里,挖渠引水、开荒造田、架桥修路、植树造林,如同胡杨一般扎根于大漠戈壁。

几十年来,一批批来自祖国各地的青年人,也义无反顾地来到这里,在物质贫乏、交通不便、信息不畅的边疆屯垦戍边,实践着兵团人"献了青春献终身,献了终身献子孙"的不悔誓言。

1952年3月,作为"八千湘女上天山"的一员,不满14岁的王孟筠参军到了新疆。由于过重的体力劳动和艰苦恶劣的生活环境,她患上了严重的风湿病,下肢瘫痪、双耳失聪。但她并不气馁,写下数十万字与疾病作斗争的日记——《病床上的歌》,鼓励年轻人奋发向前。

1964年6月,16岁的上海支边知青李梦桃,坐上从黄浦江畔开往西北边陲的列车,来到了中蒙边境北塔山牧场当卫生员。这一留就是30多年,他骑着马行走了26万多公里,救治病人2万多人次,接生800多个婴儿……

2012年,来自湖北的援疆教师尹才华,来到兵团第五师八十八团学校任教。3年的援疆任务结束时，学生们自发排成长队给他送行。出于对学生的不舍，对新疆这片土地的热爱，尹才华作了一个决定：不辞长做兵团人。最终，他带着全家调入兵团第五师，终身援疆。

2014年10月7日，中共中央、国务院、中央军委在致新疆生产建设兵团成立60周年的贺信中指出："几代兵团人发扬'热爱祖国、无私奉献、艰苦创业、开拓进取'的兵团精神，扎根新疆沙漠周边和边境沿线，认真履行党和国家赋予的职责，切实当好生产队、工作队、宣传队、战斗队，充分发挥建设大军、中流砥柱、铜墙铁壁作用，在开发建设新疆、增进民族团结、推进社会进步、巩固西北边防等方面作出了重要贡献。"

岁月变迁，精神永恒。2020年9月，习近平总书记在第三次中央新疆工作座谈会上指出，要弘扬民族精神和时代精神，践行胡杨精神和兵团精神，激励各级干部在新时代扎根边疆、奉献边疆。

讲述人感悟

很感谢能有这样一个机会和大家分享一个新疆孩子眼中的新疆生产建设兵团。好像兵团人就在我们身边，我们时刻都能拥抱兵团人，我们身边有兵团的子弟学校，有兵团人的开垦，有他们忙碌的身影……

每一个新疆人，尤其是我们这一代人，在成长的过程当中，看到"兵团"这两个字，都会首先是肃然起敬，其次是能够感受到我们身边的同学只要是来自兵团的，他们一定都是好孩子、好学生的代表，我想这与他们的父辈对他们的教育是分不开的，与兵团人血液当中流淌着军人的那份执着、那份执念、那份开垦、那份坚持是分不开的。所以，作为一个曾和兵团的孩子们并肩成长的新疆青年，很高兴和大家一起讲一讲关于兵团的故事，希望未来的日子里有更多的人能够了解新疆，了解新疆生产建设兵团，了解在我们身边的每一个兵团人。

孔繁森精神

耿耿忠心照雪山

● 讲述人

王 洲

"波拉，波拉（藏语：爷爷）！您不能走，我们舍不得您哪！"孔繁森收养的藏族孤儿捧着他的遗像哭干了眼泪，哭哑了喉咙。

1994年的深秋，雪山含悲，江河哭诉，成千上万的藏族群众在孔繁森的灵前献上圣洁的哈达，用挽联致以深深怀念：一尘不染两袖清风，视名利安危淡似狮泉河水。二离桑梓独恋雪域，置民族团结重如冈底斯山。

1979年，国家要从内地抽调一批干部到西藏工作，时任中共聊城地委宣传部副部长的孔繁森克服了母亲年迈、孩子尚小、妻子体弱多病等困难主动报名，并以"是七尺男儿生能舍己，作千秋鬼雄死不还乡"明志。入藏后，孔繁森担任岗巴县委副书记，从此与雪域高原结下了不解之缘。1988年，山东省选派进藏干部，孔繁森再度挺身而出。从援藏到调藏，从岗巴到拉萨、再到阿里，孔繁森把热血和生命献给了这片壮丽而神奇的土地，留下了光辉灿烂的孔繁森精神。

"一个共产党员爱的最高境界是爱人民"，这是孔繁森的座右铭。他是这么说的，也是这么做的。40多年前，当地医疗卫生条件较差，藏族人民缺医少药，有时甚至会因为一些小病得不到及时救治而失去生命。孔繁森看在眼里，急在心里。每次下乡时，他都要提前买上数百元的常用药，送给当地的农牧民。他把工资当中的大部分用来帮助困难群众，又收养了灾区的3个孤儿，经济就更拮据了，为此他曾3次偷偷献血换得900元的营养费。

孔繁森是敢吃苦、勇担当的党员干部。为了在农牧区推广家庭联产承包责任制，他亲自到乡里试点，又把经验在岗巴全县推广；为了发展少数民族教育事业，他殚精竭虑即使脑震荡入院仍不忘处理教育工作，拉萨的适龄儿童入学率从45%大幅提升到了80%；为了摸清阿里地区的经济状况，在不到两年的时间里，他跑遍了全地区106个乡中的98个，行程8万多公里，而他最后牺牲就是在考察边贸事业的途中……

当人们整理孔繁森的遗物时，再次心痛不已，他身上仅有的钱款是8元6角；而他的"绝笔"则是去世前4天写的关于发展阿里经济的12条建议。

▲ 孔繁森关心当地教育事业发展

榜样已逝,其志长存。孔繁森的故事被写成了歌曲,很多不懂汉语的藏族老百姓都会唱。他的精神激励着无数坚守高原的党员干部,而在孔繁森的家乡——山东聊城,新任职的领导干部都要到孔繁森同志纪念馆参观学习,重温入党誓词。

"冰山愈冷情愈热,耿耿忠心照雪山。"孔繁森被誉为90年代的雷锋、新时期的焦裕禄。习近平总书记多次称赞孔繁森是领导干部的好榜样,并指出领导干部应当如此,"做一个亲民爱民的公仆,做一个忠诚正直的党员,做一个靠得住、有本事、过得硬、不变质的领导干部"。

西迁精神

听党指挥跟党走

● 讲述人

张 攀

1956年8月10日，距离开学还有一个月的时间，上海的1000多名师生登上"交大支援大西北"专列，大家领到的车票上印着一行大字：向科学进军，建设大西北！这趟满载着交通大学新生和教职员工的列车即将从繁华的黄浦江畔奔赴千里之外的西安……

原来，为了改变当时高等教育布局不合理的局面，支持西部地区发展，党中央

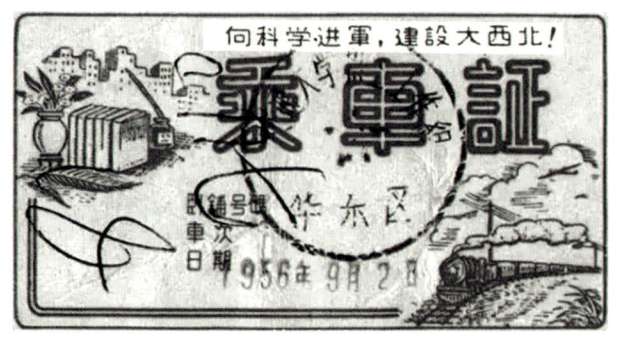

▲ "交大支援大西北"专列车票

作出了交通大学从上海内迁西安的战略决策。西安交通大学原校长史维祥对此印象深刻,他说:"雷厉风行啊,在中央决定了以后,我们执行得非常快,非常坚决。"

在这次举校西迁中,时任交通大学校长、党委书记彭康亲自带领,17位党委委员中有16人奔赴西安,一大批德高望重的教授率先垂范。当时最年轻的教授,能源动力学家陈学俊将上海的房产交公,举家西迁。他说:"既然要去西安扎根,就不要再为房子而有所牵挂,钱是身外之物,不值得去计较。"

当时准备入学的新生郑善维回忆说:"大家整班整班地上火车,心情激动,上了火车后,同学们有说有笑,随着列车飞奔,我们唱着那首'我们要和时间赛跑',表达一颗颗火热的心想要早日参加祖国建设的渴望。"

在1955年到1957年两学年内,交通大学在上海的2812名学生、1472名教师职工及家属,还有教学器材设备全部分批、无损失、安全地迁往西安。

20世纪50年代的西安,可谓"电灯不明,马路不平,电话不灵"。而新的学校还处在田野之中,晴天路扬灰,雨天水和泥,夏无遮阳树,冬无御寒暖气,夜晚还能听到狼嚎。

但仅仅一年时间,在物资极端困难的条件下,一所新的高等学府就在渭河之滨平地建起。以花甲之年赴陕的"中国电机之父"钟兆琳教授,满怀豪情带着学生在一片空地上建起电机实验室……其间，这所新的大学没有中断任何教学，也没有迟滞一届招生。

时任上海市长陈毅说过一句话："交通大学西迁成功不成功，要十年以后看。"如今，西安交通大学早已成为屹立西北的一流学府，彻底改变了西部没有规模宏大工业类院校的格局。

交大西迁见证了广大知识分子服务国家发展的时代壮举，筑成了"西迁精神"。2020年4月22日，习近平总书记在陕西考察期间来到西安交通大学，亲切会见14位西迁老教授。习近平总书记说，"西迁精神"的核心是爱国主义，精髓是听党指挥跟党走，与党和国家、与民族和人民同呼吸、共命运，具有深刻现实意义和历史意义。

"好八连"精神

"南京路上好八连"

● 讲述人

刘 阳

1963年8月1日是中国人民解放军建军36周年纪念日。这天早晨,毛泽东写下一首名为《八连颂》的长诗。诗中写道:"好八连,天下传。为什么?意志坚。为人民,几十年。拒腐蚀,永不沾……"

毛泽东赞扬的是我军一个极为普通的连队——上海警备区某团三营八连。这就是后来名誉天下的"南京路上好八连"。

1947年8月6日这一天,

在山东莱阳城西水头沟小园村，华东军区把招来的几十位胶东农民子弟编在一起，组成了一支辎重连。1949年5月，上海解放，这个连队进驻上海，改编为三营八连，奉命在南京路巡逻执勤。

南京路是旧上海的一个缩影，这里灯红酒绿，繁华喧闹，素有"十里洋场"之称。对这些在穷苦中长大、从枪林弹雨中走来的战士们来说，这里无疑弥散着巨大的诱惑，甚至暗藏着一个个陷阱。

连队的首任指导员张成志的头脑十分清醒。他提出，要让全连保持高度的警觉性，绝不能吃败仗。为此，他组织全连一遍又一遍地学习领会党的七届二中全会上提出的"两个务必"。官兵们每天唱《三大纪律八项注意》，学习《入城三大公约十项守则》。八连身居闹市，一尘不染。

平日里，连队开展节约一粒米、一分钱、一滴水、一度电、一寸布的活动竞赛。衣服破了，战士们自制针线包，缝缝补补再穿。行走在南京路上的他们，还时常穿着用破布麻绳打的鞋。他们还扛着铁锹、推着粪车，步行到数公里外的郊区开荒种菜。1961年，上海市场蔬菜供应紧张，八连将自己种的蔬菜"菜叶送给群众，菜根留给自己"。

日复一日，年复一年，八连在艰苦奋斗的烈焰中锤炼出了"拒腐蚀，永不沾"的金刚之躯。

2007年，建军80周年前夕，时任上海市委书记的习近平来到连队驻地，称赞"好八连"是我党我军优良传统哺育下成长起来的英雄连队，是人民军队行列中一面永不褪色的旗帜，是上海这座城市的骄傲。

在新时代改革强军的大潮中，连队由摩托化步兵分队向特种作战分队转型。八连官兵没有被挑战难住，开展一系列挑战生理和心理极限的训练，扛圆木、抗眩晕、抗高压、耐寒耐热，在生疏地形、恶劣海域进行战斗攀爬、水上救援……不到一年,连队完成了从"霓虹哨兵"到"特战尖兵"的转变,被集团军表彰为"基层建设标兵连队"。

艰苦奋斗葆本色,与时俱进谱新篇。如今,在八连营区《霓虹哨兵》雕塑前,每天早、晚,官兵们都会齐声背诵《八连颂》。"南京路上好八连"这个响亮的名字,永远闪耀着革命传统的时代光芒。

王杰精神

"一不怕苦，二不怕死"的精神力量

● 讲述人

——
董丽萍

什么是理想，革命到底就是理想。什么是前途，革命事业就是前途。什么是幸福，为人民服务就是幸福。什么是痛苦，失去人民的信任和为人民工作的机会就是最大的痛苦。

这是20世纪60年代，一名普通的解放军班长日记上的内容。简单、质朴的语言，饱含着深沉、坚毅的情感。

这位班长名叫王杰。

1965年7月14日，他组织民兵进行训练时，炸药包意外爆炸。为了保护他人，他毅然扑向了炸药包，英勇牺牲，用生命兑现了誓言——"一不怕苦，二不怕死，做一个大无畏的人"。

生如夏花之绚烂，死如泰山之凝重。英雄的生命仅仅走过23个春秋，却留下了"两不怕"的光辉精神。

他不畏苦、不畏险。抗洪抢险时，他自告奋勇在齐胸的洪水中探路，好几次掉进深坑，污水没过头顶，铁丝划伤手臂。山洪即将暴发时，他心中记挂着工地上的物资，抢在泥石流之前，冒雨将器材拖向山坡。身为工程兵，他总是到最危险的地方作业：隆冬时开山劈石，从不叫苦；寒夜里打桩架桥，争当先锋；施工爆破，有时出现哑炮，他争着前去排除……

"哪里有困难，哪里最危险，哪里就有王杰。"这是战友们对他的评价。他在日记里贴着雷锋的照片，写着"要做雷锋式的战士"，33次提到雷锋的名字。

他也许不知道，他最终活成了雷锋的样子：50多年来，他用自己的事迹激励着一代又一代人报效国家，报效人民。他救下的民兵

▲ 执行任务时的王杰

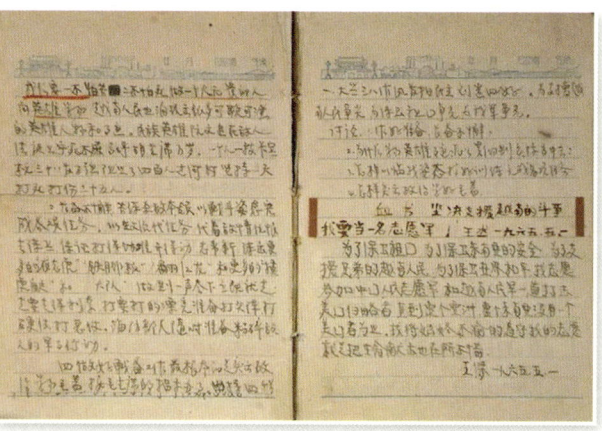
▲ 王杰的日记

还没有解决温饱问题,国家建设百业待兴。窘迫的现实强烈地冲击着中国的决策者们。

怎样才能使中国从困难中摆脱出来?社会主义究竟应该怎么搞?以邓小平为代表的中国共产党人要作出他们新的回答。邓小平的做法,用他自己的话说,就是"到处点火",也就是做解放思想的工作。

1977年11月,刚恢复工作不久的邓小平来到了广东。广东省委负责人向他汇报了"逃港"事件的情况。邓小平听后意味深长地说:"逃港,主要是生活不好,差距太大",看来我们的政策有问题。

1978年2月,在四川成都,四川省委负责人向邓小平汇报一些有争议的农村政策问题。他说:"有些地方养三只鸭子就是社会主义,养五只鸭子就是资本主义,怪得很!农民一点回旋余地没有,怎么能行?"

从1978年5月开始,一场关于真理标准问题的大讨论迅速在全党全社会展开,形成了思想解放的滚滚大潮。9月,邓小平在东北考察时,点了"第三把火"。他满怀愧疚地说:我们太穷了,太落后了,老实说对不起人民。一定要根据现在的有利条件加速发展生产力,使人民的生活好一些。

1978年12月13日,邓小平在中央工作会议闭幕会上发表了《解放思想,实事求是,团结一致向前看》的重要讲话。他语重心长地说:"如果现在再不实行改革,我们的现代化事业和社会主义事业就会被葬送。"这是解放思想、实事求是,开辟新时期新道路的宣言书。

几天后,党的十一届三中全会召开了。会议作出把全党工作重心转移到社会主义现代化建设上来、实行改革开放的历史性决策。从此,党和国家迎来了伟大的转折,开启了改革开放和社会主义现代化建设新时期。

改革开放后的深圳披荆斩棘、与时俱进、埋头苦干，仅用几十年的时间就由一座落后的边陲小镇成长为具有全球影响力的国际化大都市，人民生活发生翻天覆地的变化，实现了高质量的全面小康。这是世界发展史上的一个奇迹。

40年后，习近平总书记在回顾改革开放的伟大历程时说："改革开放是我们党的一次伟大觉醒，正是这个伟大觉醒孕育了我们党从理论到实践的伟大创造。改革开放是中国人民和中华民族发展史上一次伟大革命，正是这个伟大革命推动了中国特色社会主义事业的伟大飞跃！"

▲《人民日报》刊发邓小平的《解放思想，实事求是，团结一致向前看》重要讲话

讲述人感悟

我们都共同见证着深圳从一个边陲小镇成长为国际大都市的过程。我和这座城市很有缘，在深圳纪念改革开放40周年的特别活动上，我又一次来到了深圳，很多的深圳市民围在我们的《对话》场边，回望着这座他们曾经那么熟悉的城市是如何变化的。而在每一步的变化当中，我们感受到的正是改革开放赋予这座城市的生命力和创新力。

在我个人的成长当中，"经济特区"这4个字也曾经留下过非常深刻的烙印。我从小生长在厦门，工作也有一段时间就在厦门。我们在这样的一座城市里感受着改革开放的力量，见证着一座城市的成长，我想这是多么幸福的一种回忆。

　　无论是我今天讲述的深圳，或者是我曾经生活过的厦门，都是中国在改革开放的进程当中无数城市发展变化的一个缩影。在这样的发展和变化当中，我们看到了中国经济的前行，我们感受到了生活当中的美好。我想这是我们奔向小康的进程里，每一个中国人实实在在的收获，这是中国的现在，更是中国的未来。

[改革开放精神]

开放包容　兼容并蓄

◉ 讲述人

沙　晨

　　在湖北武汉一条历史悠久的街道——汉正街上，有一尊德国人的铜像格外引人注目。他叫威尔纳·格里希，最著名的"头衔"是中国改革开放的第一位"洋厂长"。

　　1983年8月24日，根据邓小平的意见，党中央、国务院作出了《关于引进国外智力以利四化建设的决定》，提出"有计划有步骤地引进国外人才"。

　　于是，1984年8月，65

岁的格里希作为联邦德国退休专家组织派往武汉的外国专家之一，来到了已陷入困境的国有企业——武汉柴油机厂担任技术顾问。

格里希工作十分认真。经过深入调查，他提了上百条合理化建议。几个月后，武汉市委、市政府作出一个大胆决定，聘请格里希担任厂长，主持生产经营工作。格里希展开了大刀阔斧的改革，让这家老企业重焕生机。而他因为严格管理、严抓质量，被称为"质量先生"。他的职业理念也为刚刚起步的中国企业管理提供了借鉴，被称为"格里希效应"。

1985年这一年，应聘来华的技术和管理专家达到了1102人。这些外国专家在宏观决策、技术改造、开发新产品、解决某些关键技术等方面都发挥了积极作用。

出国留学，这在中国早已是习以为常的事。但是在1978年7月，当教育部向中央提出关于加大选派留学生数量的报告时，却引起了不少质疑和反对的声音。因为这次更多是面向不同社会制度的西方发达国家。大批量派人出去，如果不回来怎么办？

面对这些担忧，邓小平自信地说：出一点问题也没什么了不起。出国1000个人中跑掉100个人，也只占1/10。

如今，中国已持续多年保持世界最大留学生生源国地位，并形成了规模最大的留学人才"归国潮"。

今天遍布全国各地的合资企业也是对外开放的产物。1980年底，经过长达一年多时间的争论、谈判，中国电子行业第一家中外合营企业——福日公司诞生了。福建的福州电视机厂以原有厂房、设备作为投资，日本日立家用电器以新技术新设备作为投资。正是有了合资经营，中国才有了彩色电视机，并逐渐成为彩电出口大国。

和彩电一样，国产名牌"洋酒"——王朝葡萄酒，"切诺基"吉普车、"桑塔纳"轿车等一系列合资品牌也都是这样产生的。

在改革开放的伟大实践中，中国坚持打开国门搞建设，实现了从封闭半封闭到全方位开放的伟大历史转折，对外开放也已经从大规模的"引进来"步入大踏步"走出去"的新阶段。

2018年12月18日，在庆祝改革开放40周年大会上，习近平总书记指出："开放带来进步，封闭必然落后。中国的发展离不开世界，世界的繁荣也需要中国。"开放已经成为当代中国的鲜明标志。中国不断扩大对外开放，不仅发展了自己，也造福了世界。

改革开放精神

开拓创新　勇于担当

● 讲述人

王端端

在青岛市市北区合肥路街道，有这样一户家庭，户主叫马连发，他和妻子从1978年开始记家庭账本，一笔不落地坚持了整整40年。从头十个年头的自行车、缝纫机、电风扇，到后来的电冰箱、小汽车、商品房，一步一步，马连发的生活越来越富足……一本本家庭账本记录了一个家庭的生活，更折射出改革开放带来的社会巨大变化。

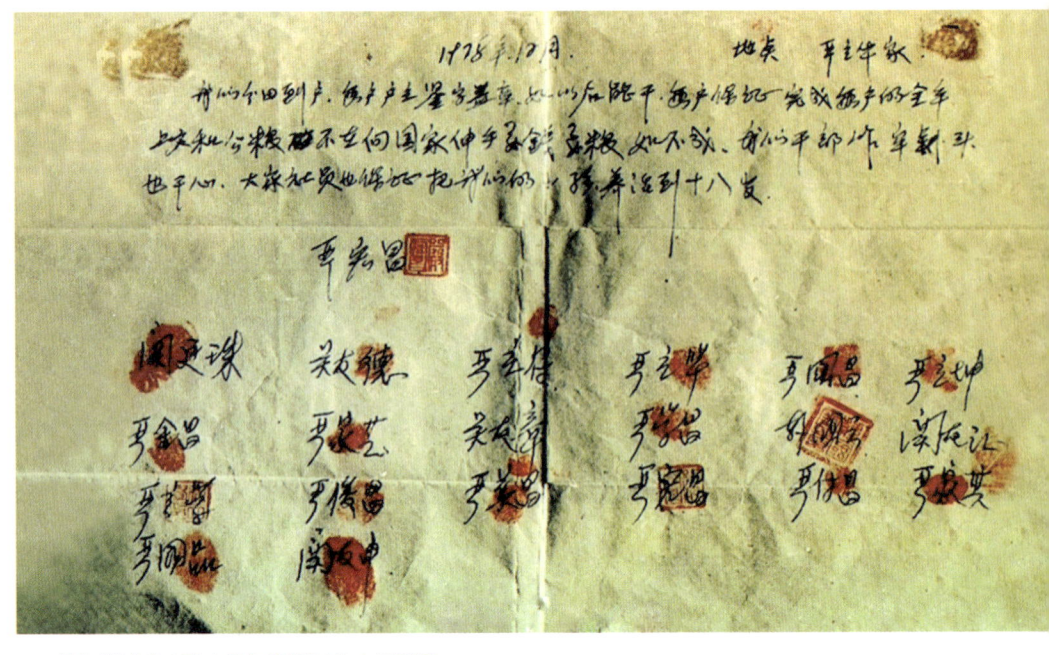

▲ 首先尝试家庭联产承包责任制的农民手印

  1978年12月，党的十一届三中全会在北京召开，会议作出了实行改革开放的历史性决策。

  改革是从农村率先取得突破的。1978年11月24日晚，安徽省凤阳县凤梨公社小岗村西头，一间低矮残破的茅屋里挤满了人，18位农民冒着风险坚定地按下了红手印！他们决定，搞"大包干"，"不再伸手向国家要钱要粮"。18个鲜红的手印催生了家庭联产承包责任制的先河，拉开了中国农村改革的大幕。

  实行"大包干"第一年，小岗村就获得了大丰收，一年的粮食产量相当于以往五年的总和，小岗村人第一次不用出门讨饭了。

  大胆地试、勇敢地改，是改革开放中一个显著的精神特征。1992年春，邓小平发表南方谈话。他说："改革开放胆子要大一些，敢于试验，不能像小脚女人一样。看准了的，就大胆地试，大胆地闯……没有一点闯的精神，没有一点'冒'的精神，没有

▲ 大胆尝试"大包干"的农民

一股气呀、劲呀,就走不出一条好路,走不出一条新路,就干不出新的事业。"

40多年来,从实行家庭联产承包,乡镇企业异军突起,取消农业税、牧业税、特产税,到农村承包地"三权分置"、打赢脱贫攻坚战、实施乡村振兴战略,从兴办深圳等经济特区到加入世界贸易组织、共建"一带一路",从单一公有制到公有制为主体、多种所有制经济共同发展和坚持"两个毫不动摇",从传统的计划经济体制到前无古人的社会主义市场经济体制,再到使市场在资源配置中起决定性作用和更好发挥政府作用,从以经济体制改革为主到全面深化经济、政治、文化、社会、生态文明体制和党的建设制度改革,一系列重大改革扎实推进,各项便民、惠民、利民举措持续实施,使改革开放成为当代中国最显著的特征、最壮丽的气象。

习近平总书记指出:"改革开放是党在新的历史条件下领导人民进

行的新的伟大革命,是决定当代中国命运的关键抉择。中国特色社会主义之所以具有蓬勃生命力,就在于是实行改革开放的社会主义。"我国过去的快速发展靠的是改革开放,我国未来发展也必须坚定不移依靠改革开放。

改革开放精神

大胆地试

● 讲述人

张 琳

1981年10月29日,国务院批转了一份名为《关于实行工业生产经济责任制若干问题的意见》的文件,并在意见中说:"实行经济责任制,目前还处在探索阶段,各地区、各部门要加强领导,要摸着石头过河,水深水浅还不很清楚,要走一步看一步,两只脚搞得平衡一点,走错了收回来重走,不要摔到水里去。"

这段话生动、准确地表

达了在经验不足情况下的改革要探索着前进的道理，实际上就是一种脚踏实地的务实精神。

改革，既要谋变，也要求稳。胆子大，才能啃动硬骨头；步子稳，才能把好方向盘。改革开始一般都要先试点探索、投石问路，等取得了经验，形成了共识，看得很准了，感觉到推开很稳当了，再推开，积小胜为大胜。

1984年初，邓小平在视察广东期间目睹经济特区发展成就后，为深圳特区题词："深圳的发展和经验证明，我们建立经济特区的政策是正确的。"正是经济特区创办初期取得的成绩，坚定了中央进一步扩大改革开放的决心和信念。

1985年，长江三角洲、珠江三角洲和闽南三角洲地区，辽东半岛、胶东半岛被划定为沿海经济开发区。

1988年4月，海南经济特区成立。

1990年4月，国务院宣布开发开放浦东。

2001年，中国加入世贸组织，以积极的姿态全面融入经济全球化的大潮。

新的实践也促使人们不断深化对改革的认识。2012年12月31日下午，习近平总书记主持以"坚定不移推进改革开放"为主题的十八届中央政治局第二次集体学习。总书记指出："摸着石头过河和加强顶层设计是辩证统一的，推进局部的阶段性改革开放要在加强顶层设计的前提下进行，加强顶层设计要在推进局部的阶段性改革开放的基础上来谋划。"

2013年9月，中国境内首个自贸试验区在上海浦东揭牌。当初的这块试验田，既有上海的特点，也按照中央的要求形成了若干可复制的改革举措，为全面深化改革和扩大开放探索了新途径、积累了新经验。现如今，全国自贸区已覆盖从南到北、从沿海到内陆的广大区域，成为新时代改革开放的新高地。

改革永远在路上，改革之路无坦途。2020年10月14日，习近平总书记在深圳经济特区建立40周年庆祝大会上的讲话中指出："当前，改革又到了一个新的历史关头，很多都是前所未有的新问题，推进改革的复杂程度、敏感程度、艰巨程度不亚于40年前，必须以更大的政治勇气和智慧，坚持摸着石头过河和加强顶层设计相结合，不失时机、蹄疾步稳深化重要领域和关键环节改革，更加注重改革的系统性、整体性、协同性，提高改革综合效能。"

特区精神

敢为天下先

● **讲述人**

谢颖颖

1979年，那是一个春天，有一位老人在中国的南海边画了一个圈。这是改革开放代表歌曲《春天的故事》中的歌词，其中"一位老人"是指中国改革开放总设计师邓小平，"画了一个圈"代表开创深圳经济特区。这首歌曲唱出了我国改革开放春潮涌动的蓬勃气象。

然而，真正开创特区并不是"画一个圈"那么简单，需要有突破成规、敢闯新路的巨大勇气和魄力。

1979年4月的一个下午,正在北京参加中央工作会议的广东省委负责人习仲勋来到中南海怀仁堂,向邓小平作了一次专门汇报,提出:希望中央给广东更多对外经济活动自主权,允许在毗邻港澳的深圳等地,划出一块地方,单独管理,作为港澳同胞、华侨和外商的投资场所。

这是一个大胆的想法,石破天惊!中央放权、实行特殊政策、打开国门充分利用外资,这是从来没有过的,涉及体制上的重要突破,当时有人担心:这样搞会不会变成资本主义?

邓小平一锤定音,他说这样搞不会变成资本主义。因为赚的钱不会装到我们这些人的口袋里,我们是全民所有制。

至于这些划出来的地方叫什么名字,邓小平说:"还是叫特区好,陕甘宁开始就叫特区嘛!中央没有钱,可以给些政策,你们自己去搞,杀出一条血路来。"

邓小平的话掷地有声,一语千斤。根据邓小平的建议,这次中央工作会议就此作出决定。会议结束后,习仲勋赶回广东。他满怀信心,又深感责任重大,对广东干部说:广东要求先走一步,是关系到整个国家的问题,"今天不提明天要提,明天不提后天要提。中国社会发展到现在,总得变","我们确信'路是人走出来的',只要我们团结战斗,就总会有办法"。

兴办经济特区,是党和国家为推进改革开放和社会主义现代化建设作出的重大决策。经济特区从一建立,血液里就流淌着"闯"的基因。40多年来,深圳、珠海、汕头、厦门、海南5个经济特区摸着石头过河,逢山开路、遇水架桥。没有先例可循,特区就创造先例;没有经验可借鉴,特区就先行先试、大胆探索。

一个有前途的国家不能没有先锋。习近平总书记指出,要"继续发扬敢闯敢试、敢为人先、埋头苦干的特区精神,激励干部群众勇当新时代的'拓荒牛'","努力续写更多'春天的故事',努力创造让世界刮目相看的新的更大奇迹!"

▲ 现如今的深圳经济特区

特区精神

奋发有为　只争朝夕

● 讲述人

靳　强

"深圳最牛的那条街",这是《中国经济周刊》2020年第15期的封面标题,刊发的封面文章是《深圳最牛那条街:一条街震撼一个国》。

这条震撼全国的街,就是深圳南山区粤海街道。它爆红网络,被网友叫作"最强街道"。

粤海街道我去过很多次,它并不大,开车十分钟就能逛一圈,但这里却密集分布了200多个产业园区,活跃

粤港澳大湾区中心

粤海街道一角

着超1000家高新技术企业,走出了华为、中兴、大疆、腾讯这样的硬核企业和巨头公司,吸引了百度、小米、字节跳动等企业把国际总部或大湾区总部落地在这里。

粤海街道以"蚂蚁"体格展现了"大象"能力,创造了超过3000亿元的国内生产总值(GDP),占据了南山区半壁江山,吸引着全世界的目光。

从一片荒地到高楼大厦林立,粤海街道的翻天巨变依靠的是一批批奋斗者的埋头苦干。

20世纪80年代,侯为贵来到粤海街道,一开始靠着电话机的加工订单,赚取非常微薄的利润。凭借着加工订单的积累,侯为贵带着技术人员进行数字交换机的研发,开始了中兴通讯的奋斗史。

1992年,任正非离开南油集团,在粤海街道辖区内注册创办了华为，在科技工业园的深意工业大厦租了两层办公室，开始了自己的创业之路。

2004年腾讯上市以后，马化腾选择了粤海街道的飞亚达大厦，租下了那里的六层办公室。现在，腾讯在粤海街道的第二座大楼滨海大厦已经落成，成为这里的新地标。

一切幸福都是奋斗出来的。毛泽东说："下苦功，三个字，一个叫下，一个叫苦，一个叫功，一定要振作精神，下苦功。"邓小平曾经告诫全党，世界上的事情都是干出来的，不干，半点马克思主义都没有。

深圳、珠海、汕头、厦门、海南等经济特区一路走来，每一步都付出了艰辛和努力。今天的特区，是广大建设者脚踏实地、一点一滴干出来的。

2020年10月14日，习近平总书记在深圳经济特区建立40周年庆祝大会上发表重要讲话，他指出："深圳广大干部群众披荆斩棘、埋头苦干，用40年时间走过了国外一些国际化大都市上百年走完的历程。这是中国人民创造的世界发展史上的一个奇迹。""在新起点上，经济特区广大干部群众要坚定不移贯彻落实党中央决策部署，永葆'闯'的精神、'创'的劲头、'干'的作风，努力续写更多'春天的故事'，努力创造让世界刮目相看的新的更大奇迹！"

埋头苦干是特区精神的重要内涵，站在新的历史起点上，我们要保持永不懈怠的精神状态和一往无前的奋斗姿态，用实干成就梦想，书写全面建设社会主义现代化国家更加壮丽的篇章。

抗洪精神

万众一心，汇聚钢铁长堤

● 讲述人

严於信

中国国家博物馆珍藏的一级文物中，有这样的一面木牌，木牌上写着"誓与大堤共存亡"，在这句誓言下是黄义成、唐仁清、李建强等16名共产党员的签名。这些签名大小不一，笔体各异，但却同样鲜红。签名时间是1998年的8月7日。

那是一个气候异常，暴雨频发的夏天。长江出现全流域性大水，松花江、嫩江暴发超历史记录的特大洪水，珠江流域的西江、闽江相继发生百年一遇的特大洪水……两亿多人受灾,不少工厂、良田被吞噬。

危难之际,共产党员站了出来。"一个干部一段堤,一个党员一面旗,一个支部一排桩。"数千公里的防汛线上,处处险点都有这样的"生死牌""军令状",责任人无一例外都是党员干部。

在当时的灾区,人们总能听到"堵口县长""铁汉镇长""赤膊书记"之类的外号。皖江前线,省委书记、省长和守堤军民一起扛沙袋、挑沙石;洪湖水畔,空降兵军长、政委肩扛沙包冲锋在前;嫩江堤岸,师长和年轻士兵展开了扛麻袋竞赛……党员干部冲锋在前,与人民群众肩并肩、手挽手,共同筑起抗击洪峰的钢铁长堤。

就在黄义成他们立起"生死牌"的同一天,中共中央深夜召开政治局常委扩大会议,作出《关于长江防汛抗洪抢险工作的决定》;中央军委紧急调动部队、武警联合作战,封堵九江大堤决口;国务院领导同志飞赴抗洪一线,现场指挥……抗洪一线20多万解放军、

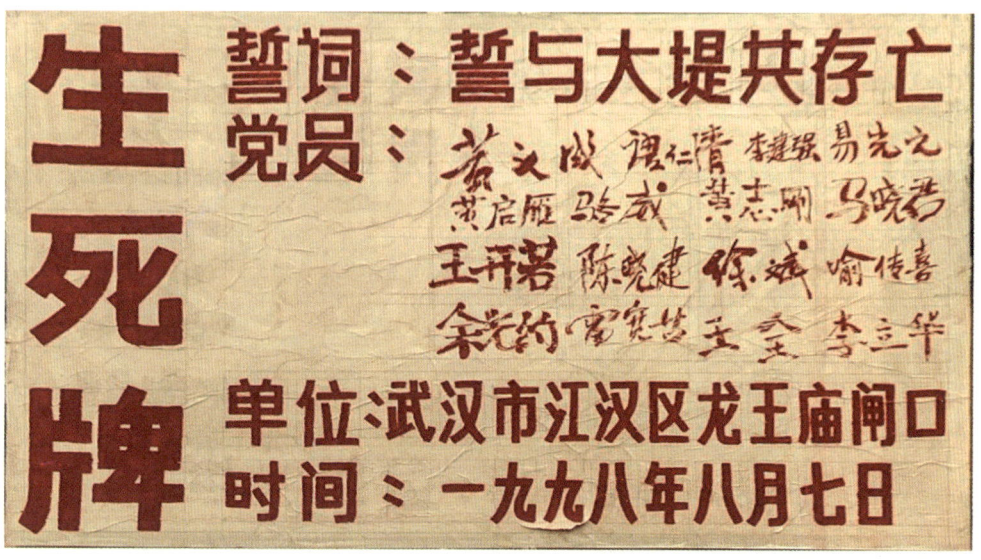

▲ 抗洪"生死牌"

武警部队官兵，800多万干部群众身后，科技工作者夜以继日为抗洪抢险提供水利、气象、水文等方面的技术指导，医疗卫生工作者深入前线防疫治病，通信、铁路、交通等各条战线通力合作，为汛区灾区调拨大量物资……可以说，当时从南到北，由东至西，从白发苍苍的老人，到系着红领巾的孩子，全国人民心系灾区，以各种方式关心和支持着抗洪抢险。

时光飞逝，在那场万众一心、众志成城的战斗中融入血脉的抗洪精神却历久弥新。阻击非典，汶川抗震，抗击新冠……越是在重大关头，全国人民就越是充分显示出这种非凡的凝聚力。正如习近平总书记所强调的："团结是铁，团结是钢，团结就是力量。团结是中国人民和中华民族战胜前进道路上一切风险挑战、不断从胜利走向新的胜利的重要保证。"

抗洪精神

沧海横流，方显英雄本色

● 讲述人

石琼璘

湖北省咸宁市嘉鱼县簰洲湾的蓝天中学，绿树成荫，一片祥和。书声琅琅中，校园里那座昂首向天的抗洪纪念碑在告诉人们，这里从未忘记1998年夏天那段惊心动魄的经历。

1998年8月1日晚，长江大堤内侧的簰洲湾民垸发生溃口。滔滔巨浪挟着泥沙排山倒海而来，6万多人口的簰州湾顿成汪洋。前来抢险的空军某高炮团一连也被洪水冲散。生死关头，指导员高建成脱下救生衣给了不会游泳的新兵，自己又跳下水与战友一同救起一对60多岁的老夫妻。他奋力把两位战友推向大树，自己却力竭牺牲……

持续强降雨，干支流洪峰叠加，超警戒水位，超历史最高水位……在那场肆虐大半个中国的洪水中，受灾土地面积超过3亿亩，受灾人口超过2亿人。滑坡，裂缝，管涌，漫堤，溃口……浊浪排空，惊涛击岸，这是生死系于一念的时刻，更是英雄辈出的时刻。

1998年8月7日午后，长江干堤九江段4号、5号闸口之间大堤在持续高位的江水浸泡和压力差下，轰然倒塌。

九江城告急！京九铁路告急！

陆一军一师二团"坚守英雄连"官兵递上请战书："尊敬的团党委：'坚守英雄连'愿与洪魔决一死战，欲与惊涛试比高低。剩下一个排，我们当排长；剩下一个班，我们当班长；只要我连有一人在，就要誓死保卫九江大堤。请团党委让我们连担任攻坚任务。"8月8日下午，全连战士带着这份誓言抵达闸口，第一批上堤堵决口。

5天5夜，3万多名参战九江抗洪抢险的官兵连日奋战。57岁的长江抗洪抢险总指挥董万瑞临危受命，和战士们一起跳入滔滔洪水，在随时可能将人冲走的洪水中搭铁架，竖木桩，筑堤坝，建围堰。12日下午，大堤堵口终于合龙。极度疲劳的官兵，这时已经手脚都不听使唤。

高建成、吴良珠、胡继成、王占成、李长志、杨晓飞、陈申桃……在这场罕见的水害面前，涌现出灿若群星的英雄模范。

在这片流传着"女娲补天""后羿射日"勇敢传说的土地上，那种在危难时刻迸发出勇气和力量的品格与精神，早已深深融入我们民族的血脉。

1998年的夏天，消防战士划着冲锋舟救出了9岁的袁展满。

2020年的夏天，31岁的消防员袁展满，第一时间走上了抗洪抢险的第一线。

"一个民族之所以伟大，根本就在于在任何困难和风险面前都从来不放弃、不退缩、不止步，百折不挠为自己的前途命运而奋斗。"

[抗洪精神]

坚韧不拔，任尔千磨万击

● 讲述人

向仲南

  万里长江，险在荆江。荆江北岸全长180多公里的大堤，是护卫江汉平原乃至武汉三镇的屏障。据荆州地方志记载，从明朝初期到解放前，这座大堤共溃口91次，平均每6年1次。

  1998年8月16日下午，超历史最高水位的洪峰扑向荆江——不到10天，这已经是第三次洪峰了。

  水位一直居高不下，大堤经过几十天的浸泡，早已险象环生。荆江，扛得住吗？

中央军委一声令下，沿线部队全部上堤，一队队官兵抬沙石，填孔漏，筑围堰，斗志昂扬，号声嘹亮。只有那晒脱皮的面庞、伤痕累累的手臂、盐花斑驳的衣服在不断提醒着，他们已经在抗洪一线奔波了近2个月了。

经过2天2夜不断地巡堤查险，严防死守，18日晚8时，当年长江第六次洪峰顺利通过荆江大堤段。

在那场肆虐大半个中国的洪水中，长江干堤经受了前后8次洪峰的轮番冲击，连续60多天超警戒水位；武汉降雨创该市有雨量记录以来的最高值；嫩江迎来发生频率400年一遇的洪峰……这不是短时间的水来土掩，而是长时间的反复较量。

从坚守荆江大堤到抢堵九江决口，从会战武汉三镇到防守洞庭湖区，从保卫大庆油田到决战哈尔滨……广大军民以坚韧不拔的意志，战胜了一次又一次洪峰，始终牢牢挺立在滔滔洪水的面前。

1998年9月20日，持续近3个月的洪水终于缓缓退去，长江中下游水位全线回落至警戒水位以下。

拥有精卫填海、愚公移山动人传说的中华民族，拥有下定决心，不怕牺牲，排除万难，去争取胜利的革命精神。在这场抗洪战役中，有中国共产党的坚强领导作主心骨，有强大的综合国力作后盾，有众志成城的民族精神为力量源泉，全体抗洪军民一次次迎向汹涌的洪水，展现出坚忍不拔的精神力量，形成了敢于胜利的不竭动力。

经过风雨锤炼的伟大抗洪精神，不仅在应对灾难时显示出磅礴力量，同样也为我们面向未来，进行伟大斗争、建设伟大工程、推进伟大事业、实现伟大梦想提供了强大精神力量。只要坚定不移、坚韧不拔、坚持不懈、艰苦奋斗，朝着伟大的目标持之以恒前进，风雨如磐不动摇，我们的目标就能够达到，我们的目标也一定能够达到！

抗击非典精神

团结互助 和衷共济

● 讲述人

丁 曦

2003年1月7日，一例非典型肺炎患者在广东省中医院总院急诊被发现，症状表现为持续高烧，呼吸衰竭。随之，接诊的医护人员接二连三地感染病毒。非典型肺炎在全国蔓延，带来严峻挑战。

党中央、国务院坚强领导，从城市到乡村，从沿海到内地，各行各业的人们，都紧急行动起来，投入到这场抗击非典的攻坚战中。

著名呼吸病学专家钟南山说:"医院是战场,作为战士,我们不冲上去谁上去?"

广东省中医院急诊科护士长叶欣,主动请缨到一线,包揽对急危重非典病人的检查、抢救、治疗和护理,不幸被感染,在她最后抢救的患者健康出院后,她自己却永远地离开了。

武警北京市总队医院收治非典患者之后,内二科主治医师李晓红义无反顾担负起救治患者的重任,连续6天,因劳累过度不幸感染病毒,年仅28岁的她以身殉职。

在浙江杭州第六人民医院非典防治病区,15名来自不同医院的共青团员面对病魔临危不惧,组成临时团支部,高标准、高质量完成医护任务,"用心血和汗水谱写了抗击非典的青春之歌,向党和人民交出了一份出色的青春答卷"。

在北京抗击非典斗争进入攻坚阶段后,兄弟省区市紧急调配大批防治非典物资,周边地区纷纷打通绿色通道,保障北京物资供应;全国各地迅速调集血浆,保证北京抗击非典的需要;社会各界和港澳同胞、海外侨胞纷纷慷慨解囊,捐款捐物捐药……

4月23日至4月30日,7000多工人经过了7天7夜的紧急施工,拥有1000个床位、达到一级标准的北京小汤山非典定点医院建成启动。在这里,来自全国各地的1383位医务工作者视患者为亲人,精心救治,治愈率接近99%。

无论是首都北京,还是偏远乡村,哪里有疫情,哪里就有四面援助、八方支持。在2003年的这个春天,中国人民携手铸就了抗击非典的英雄雕塑,同心谱写了民族精神的恢宏乐章。4月28日,时任中共中央总书记胡锦涛同志在主持中共十七届中央政治局第四次集体学习时指出,在防治非典型肺炎的斗争中,要"大力弘扬万众一心、众志成城,团结互助、和衷共济,迎难而上、敢于胜利的精神"。

正是依靠这种精神，全党和全国人民在困难和挑战面前不惊慌、不退缩、不悲观，形成抗击疫病的强大合力。2003年6月24日，世界卫生组织宣布解除对北京的旅行警告并将北京从疫区名单中删除，标志着中国抗击非典取得决定性胜利。

 讲述人感悟

讲述完2003年抗击非典的故事，我的心情久久无法平静。那个时候我们面对的是未知的病魔，但大家众志成城、团结一心，最终战胜了病魔，取得了胜利。

这一次的新冠疫情让我非常感慨，我们的医护工作者，他们永远都是冲在最前线。在我们出现困难的时候，党员就有一种自豪感、神圣感和使命感。我们的身上是有责任的，所以哪里有困难、哪里有危险，我们就要冲在第一线。

抗震救灾精神

万众一心　众志成城

● 讲述人

　海　阳

　　2008年5月12日14时28分，我国发生了四川汶川特大地震。这是新中国成立以来破坏性最强、波及范围最广、救灾难度最大的一次地震，震级达里氏8级，最大烈度达11度，余震3万多次，涉及四川、甘肃、陕西、重庆等10个省区市417个县（市、区）、4667个乡（镇）、48810个村庄。

　　灾区总面积约50万平方公里，其中极重灾区、重灾区面积13万平方公里，造成69227名同胞遇难、17923名同胞失踪，需要紧急转移安置受灾群众1510万人。

地震发生后，什邡妇幼保健院的楼房成为危房。为了院内的孕妇，医院相关负责人找到对面罗汉寺请求帮助。住持素全大师同意了医院搬过来的请求，他说，大难当前，寺院应该破除清规戒律。他打开寺门接纳了这些孕产妇，把寺院唯一一间不太漏雨的小饭堂腾出来，几张饭桌拼在一起，铺上草纸，简单消毒之后就做成了产床。僧人们又搭建了简单的帐篷供孕产妇临时休息。5月13日，响亮的婴儿啼哭声打破了寺庙的寂静，第一个小孩平安出生。在这座寺院里，一共出生了108个"罗汉娃"。

面对特大地震灾害，从中央到地方各级党委和政府始终与灾区人民同呼吸、共命运，举全国之力抗震救灾。

数不清有多少人自发从天南地北赶赴灾区做默默奉献的志愿者，多少人自发前往遍布全国的献血点争先恐后无偿献血，多少共产党员自发向党组织交纳特殊党费⋯⋯

地震发生后，仅一个月，党中央一声号召，19个省市"一对一"援建重灾县，30多万援建大军先后奔赴地震灾区，海内外同胞纷纷援助。

山东省日照市莒县的10名农民，他们自驾一辆农用三轮车，自备干粮，星夜兼程，奔波4天3夜，行程3000多公里，在第一时间赶到救灾现场，参与抗震救灾，他们被誉为史上最"牛"救援队。

灾难无情、人间有爱，"汶川加油""中国加油"，成为响彻中华大地的最强音。在南京市江宁区募捐点，一位拾荒老人上午捐了5块钱，下午又把多年积攒的零钱，到银行兑换了一张百元现钞，捐了出去⋯⋯

2008年6月5日，从四川绵阳开出的L206次专列到达山东济南，

809名身穿白色T恤、背着爱心书包的灾区小学生走下列车，开始了他们的异地复学时光……

灾难是一次考验，检验了一个民族的精神意志，也展现了一个民族的责任担当。我们的党、我们的军队、我们的人民万众一心、众志成城，充分展现了中华民族和衷共济、团结奋斗的民族品格。这种团结奋进的强大力量，是我们的人民和民族在生与死、血与火的严峻考验中的本色反映，是中华民族从历史深处走来的内在力量，显示了中国人民和中华文明生生不息的旺盛生命力。

抗震救灾精神

不畏艰险　百折不挠

● 讲述人

陈旻

2008年5月14日11时24分，一架大型运输机从成都起飞，飞向当时与外界失联的重灾区茂县。

茂县是高山峡谷地形，可以空降的地域十分狭小，境内山峰多在海拔4000米左右，15名先遣空降兵必须在5000米以上的高度跳伞。这对于通常在数百米高空进行跳伞训练的他们来说，无异于生死"盲跳"。

在没有地面指挥引导、

没有地面标识、没有气象资料的情况下，15名空降兵冒着生命危险从4999米的高空一跃而下，穿越重重险阻，成功落地，将生的希望带给了绝境中的灾区群众。

在同特大地震灾害的艰苦搏斗中，我们的党、我们的军队、我们的人民不畏艰险、百折不挠。前来救援的济南军区某红军团连续65个小时没休息，体能达到极限，却依然还在拼力搜救；英雄的子弟兵承担起抗震救灾最紧急、最艰难、最危险的任务，克服千难万险，进入千村万户。

5月17日凌晨，50名两栖突击队员，向余震和泥石流频繁出现的峡谷纵深挺进，一群刚刚逃出来的群众拦住他们说："里面根本进不去，就算进去了也没法救别人，反倒可能把自己的命搭上！"随行向导也建议："这山体是'活'的，随时可能出现'山崩'，太危险了，还是掉头吧。"战士们却说："救灾就是打仗，当兵的决不轻言放弃。"他们继续强行突进，冒着生命危险历经11次余震、27次山体滑坡，最终，解救受困群众142名。

汶川地震灾区大多处于交通不便的山区，加上地震的损毁，使得灾后重建困难重重。在海拔1000米的山顶，灾后重建的青川县茶坝乡九年制学校的建筑面积将近5000平方米，所需的建材都是靠建设者们在陡峭的山路上和上百个险弯中，用大车拉、小车推、肩膀扛，一点一点运过来的。最艰难的时候，一车建材要靠人和车"摆渡"四五次才能运到工地上。建设者们用行动创造了奇迹。2011年8月，习近平同志来到当时受灾最严重的北川县调研灾后恢复重建等情况。看到在地震废墟上新建的县城街道井井有条，群众安居乐业，一派生机勃勃的景象，习近平指出，灾区发生的巨变，充分证明中华民族是任何困难都难不倒的伟大民族，充分证明社会主义制度能够集中力量办大事的优越性。他强调指出，要坚持弘扬伟大的抗震救灾精神。

[抗震救灾精神]

以人为本　尊重科学

● **讲述人**

李 潘

2008年5月12日，汶川地震发生后，江油市一名普通女警蒋晓娟含泪把自己6个月大的孩子托付给母亲，跟随救灾队伍奔赴一线。

废墟中，一个个小婴儿被救出，然而库存的饮用水、食品都逐渐耗尽，奶粉、奶瓶更是无处可觅，很多宝宝的食物仅仅是一些水和米汤。看到这些，还在哺乳期的蒋晓娟毫不犹豫地用自己的乳汁喂养嗷嗷待哺的受灾婴儿，感动了万千网友。前前后后她一共给9个婴儿喂过奶，最大的6个多月，最小的才2个月。

人的生命高于一切，只要有一线希望，就尽百倍努力。

地震当天被埋在楼房废墟深处的刘德云，直到15日下午才被前来搜救的消防官兵发现。天色已晚，现场情况十分复杂，任何不规范的操作都会危及他的生命。理性判断之后，救援队暂时停下了近距离破拆，改为外围清障，并安排专人定时喊话，防止刘德云睡着。救援队连夜制定了方案，第二天一早立即展开救援。但是，因为刘德云的左脚被牢牢压在巨大石块下动弹不得，营救陷入僵局。救援队根据现场情况紧急评估，截肢成为唯一选择。医护人员迅速组织了手术，和时间赛跑、同死神抗争，最终刘德云成功获救。而此时，自他因地震被埋，已经过去了100小时。

汶川特大地震救援中，正因为坚持以人为本，全力以赴，科学施救，即使过了震后72小时的黄金救援时间，我们依然创造了一个又一个生命的奇迹。

在彭州市龙门山银厂沟，成都空军某训练团成功解救出了被困196个小时的王有群；地震发生191个小时后，救援队在什邡市金花镇城墙岩磷矿救出了矿工赖元平；矿工彭国华被埋172小时后，在安县被成功营救；被埋164小时的王春邦，在青川县红光乡与石坝乡交界处一处锰矿的废墟中被救出；被埋150小时，经过56小时的救援，虞锦华在汶川映秀镇电厂成功获救……

随着科技进步，我国的地震自动速报平均用时仅需要2分钟，正式速报时间不到10分钟，极大地提高了救援救灾的效率。

2018年5月12日，汶川地震十周年国际研讨会暨第四届大陆地震国际研讨会在四川成都开幕，习近平总书记致信指出：科学认识致灾规律，有效减轻灾害风险，实现人与自然和谐共处，需要国际社会共同努力。中国将坚持以人民为中心的发展理念,坚持以防为主、防灾抗灾救灾相结合,全面提升综合防灾能力,为人民生命财产安全提供坚实保障。

北京奥运精神

奥运,民族的百年期盼

● 讲述人

梁毅苗

在2020年东京奥运会的女子体操比赛中①,拿下平衡木银牌的中国选手唐茜靖,在完成比赛后,面对镜头,从兜里掏出了一枚北京2022年冬奥会的徽章。在随后的采访中,她说:"欢迎大家来北京冬奥会。"

这份热情,一下子把网友们的思绪拉回了北京,回到了2008年那个无与伦比的

---

① 受新冠疫情影响,延期至2021年夏季举办。

▲ 北京夏季奥运会点燃主火炬瞬间

夏天。

2008年8月8日晚上8点,北京奥运会在"鸟巢"正式开幕。对于中国人来说,家门口的这届奥运会关乎梦想和荣耀。

从成功申办奥运会的2001年开始,在党中央的正确领导下,广大奥运建设者、工作者、志愿者,"汇四海之力,集八方之智",以严谨的态度、过硬的作风投入到了奥运会的精心准备之中。

来自全国的26万建设者夜以继日,为践行"绿色奥运、科技奥运、人文奥运"而努力。他们中的许多人有整整三年的时间是在火热的建筑工地上度过的。他们说:内心充满喜悦,干奥运工程有一种自豪感。他们的智慧和汗水,变成了以"鸟巢""水立方"为代表的建筑精品。为了表彰他们,"鸟巢"的一根钢架上永久地留下了他们的名字。

还有开闭幕式团队,三年磨一剑,为世界人民奉献了震撼视听的盛典。中国登山队的19名队员,挑战极限,让奥运圣火在珠穆

▲ 奥运火炬首次在地球"第三极"上传递

▲ 热情的奥运志愿者

▲ 取得骄人成绩的运动健儿

▲ 北京获得2022年冬奥会的举办权

朗玛峰点燃，在人类历史上首次将奥运火炬带到了地球"第三极"。而奥运会的安保队伍，许多人是5月底刚刚从四川抗震救灾的前线返回，他们来不及休整，就再次投入到工作中，为实现平安奥运作出了突出的贡献。

"我家大门常打开，开放怀抱等你。"170万奥运志愿者的微笑是北京最好的名片。在北京的大街小巷，每天都有志愿者热情周到的服务。他们对全世界展现了中国青年的形象：年轻、朝气、自豪、爱国。人们用"鸟巢一代"来形容他们的自信热情、奉献精神和团队合作。"鸟巢一代"广泛传播了志愿精神和志愿服务的理念，让"志愿"从此在中国成为一种生活方式。举办奥运会，是中华民族的百年期盼，是海内外中华儿女的共同心愿，也是我们对国际社会的郑重承诺。经过16天紧张激烈的比赛，8月24日，北京奥运会闭幕。这是奥运会历史上规模最大的一届，创造了43项新的世界纪录、

132项新的奥运会纪录。中国是奥运会历史上第一个登上金牌榜首的亚洲国家。

国际奥委会终身名誉主席萨马兰奇表示："这是有史以来最好的一届奥运会，所有的中国人民都积极地参与了进来。"北京奥运会的成功举办，兑现了中国对国际社会的郑重承诺，向世界展示了中国人民昂扬向上的精神风貌，人类奥运史上从此留下了不可磨灭的中国印记。

2015年，北京成功获得了2022年冬奥会的举办权，成为世界奥运史上第一个既举办过夏奥会又举办过冬奥会的城市。习近平总书记强调，北京冬奥会是我国重要历史节点的重大标志性活动，是展现国家形象、促进国家发展、振奋民族精神的重要契机。北京冬奥会是凝聚亿万民心的力量，将开启新的圆梦旅程。

北京奥运精神

向世界展示中国的拼搏与奋斗

● **讲述人**

姚轶滨

在2021年的东京奥运会上,如果要选出一名给我们带来惊喜最大的运动员,我想很多人会说是苏炳添。虽然他在百米决赛当中收获的是第6名,但他进入决赛并在半决赛创造了9秒83的全新亚洲纪录,这足以让他成为中国田径运动史上最亮眼的人物之一。

奥运金牌是运动员一生的目标,却不是唯一的目标,能够站到赛场上展现自己,为祖国拼搏，就是无上的荣耀！

在2008年北京奥运会开始后，中国奥运健儿"更快、更高、更强"的拼搏精神和爱国热情鼓舞了全国。他们向全世界展示了中国人的精气神，也让"鸟巢"等赛场成为欢乐的海洋，人人脸上都洋溢着自信、骄傲与幸福的笑意。

"少年负壮气，奋烈自有时。"顽强拼搏是北京奥运精神的最大底色。

这份拼搏，蕴含着挑战极限的坚持。羽毛球运动员张宁，奥运前的一段时间膝伤严重，疼痛难忍，让她在各项赛事当中提前出局。但她不断鼓励自己：坚强起来，去战斗。最终，33岁的她在北京成功卫冕，也留下了两项至今无人突破的纪录：夺冠年龄最大的羽毛球奥运冠军和首位在奥运会卫冕成功的羽毛球单打冠军。

这份拼搏，还有虽败犹荣的勇气。中国男子篮球队在奥运会上被分在"死亡"之组，但他们却力扛美国队、与西班牙"拼"到最后一刻，最终力克拥有诺维茨基的德国队晋级八强。姚明说：我们最大的进步就是团结、拼搏和自信，我们用我们的拼搏告诉对手，我们不再是那支你想赢就能赢的队伍，同时也告诉自己，我们可以打出很好的团队篮球。

这份拼搏，还有超越自我的笃定。中国男子体操队曾经在4年前的雅典遭受全面失利，他们"一切从负开始"，走上"雪耻"之路。当时，杨威、李小鹏、黄旭等老将都有伤在身，但是，为了北京圆梦他们没有一个人放弃。最终，在北京奥运会上，他们夺取了8个项目中7个项目的金牌，创造了奇迹。

鲁迅曾说："我每看运动会时，常常这样想：优胜者固然可敬，但那虽然落后而仍非跑至终点不止的竞技者，和见了这样竞技者而肃然不笑的看客，乃正是中国将来的脊梁。"

"成绩不仅仅在于能否拿到或拿到多少块奖牌,更在于体现奥林匹克精神,自强不息,战胜自我、超越自我。""重在参与、自强不息、顽强拼搏"也是习近平总书记一直提倡的奥运精神。

在东京奥运会上,中国体育代表团再次迸发中国力量,以高昂斗志和精湛技能,为国家和人民赢得荣誉。我们为每一枚奖牌欢呼,也为每一位拼搏奋斗者喝彩、动容。

载人航天精神

特别能吃苦　特别能奉献

讲述人

周　瑜

2003年2月1日，正值中国航天员大队选拔首飞梯队的关键时刻，美国哥伦比亚号航天飞机在重返地面的过程中突然解体，7名宇航员罹难。大家都在为中国航天员的心理承受能力感到担心，但是意想不到的是，第二天，航天员大队党支部收到了全部参训的14名备选航天员递交的请战书，他们一

致要求争当首飞第一人。最后，杨利伟脱颖而出，成为中国第一位航天员。

中国的载人航天事业是在艰苦环境下开展的，航天人特别能吃苦、特别能奉献，不求名利，舍家为国，甚至是流血牺牲。

在酒泉卫星发射中心东风革命烈士陵园，有数百名官兵、职工和家属长眠于此，他们"死在戈壁滩、埋在青山头"，一辈子甘做幕后英雄，几十年默默奉献。有一位航天幕后英雄曾经这样深情地写道："我们有幸成了人们的踩路石，不管春露秋霜，无论冬来夏往，石子铺就的小道或大道，任由人们踩踏。因为石子的承受，才有了人走的路，相伴着人生辉煌……"

▲ 东风革命烈士陵园内的纪念碑

航天员要脱离地球引力进入太空，就要承受火箭将自身推举到轨道上的加速度。加速度训练要求航天员在承受8倍于自身体重的重力条件下，保持正常的呼吸和思维能力。其实在训练的时候，离心机它就像一只巨大的铁钳，紧紧地夹住旋转舱，在圆形的超重实验室里飞速地旋转。每一个航天员的手里，都有一个爆鸣器，训练的时候如果感到极度不适，就按下爆鸣器，工作人员就会停止操作。但在多年的训练中，没有一位航天员按下过爆鸣器，只有工作人员自己根据监测到的各项生理指标，来判断是否停止操作。航天员杨利伟是这样形容航天员大队生活的，他说："有一种生活，你没有经历过就不知其中的艰辛；有一种艰辛，你没体会过就不知其中的快乐；有一种快乐，你没拥有过就不知其中的真谛。"

在"感动中国"颁奖晚会上，主持人问航天员景海鹏："你们在执行载人航天飞行任务时，有没有想过有可能回不来？"景海鹏回答说："对于我们航天员来说，使命重于生命。即使我们回不来，也要让五星红旗在太空高高飘扬！"

截至2021年10月底，我国已经发射了13艘神舟飞船，成功率100%，创造了发射"零失误"和回收"十环打靶"的优异成绩。我国是世界上第三个把人类送上太空的国家，也成为全面迈入"空间站时代"的国家。

在会见天宫二号和神舟十一号载人飞行任务航天员及参研参试人员代表时，习近平总书记指出，我们注重传承优良传统，发扬特别能吃苦、特别能战斗、特别能攻关、特别能奉献的载人航天精神，彰显了坚定的中国特色社会主义道路自信、理论自信、制度自信、文化自信，为坚持和发展中国特色社会主义增添了强大精神力量。

载人航天精神

特别能战斗　特别能攻关

● 讲述人

尹　颂

2017年7月2日，长征五号运载火箭第二次发射。在升空346秒后发生发动机故障，火箭慢慢失去推力，发射失败。这个故障在之前的地面试验中从未遇到过，载人航天团队只能重新开始，开展地毯式排查。为了找到问题根源，团队重新研制了8台发动机，试车时间13902秒，用两年半的时间完成了之前13年工作量的一半。各方力量共同分析，联合攻关，终于在2019年12月27日,长征五号运载火箭第三次发射成功。

1992年,党中央正式批复实施载人航天工程,中国的载人航天事业,几乎一切从零开始。

神舟飞船首任总设计师戚发轫在执掌飞船设计帅印之时,团队里大多是刚分来的大学生。载人飞船是什么样,应该怎么造这个飞船?在总设计师指导下,这些满怀报国之心的年轻人,一次又一次到卫星系统拜师,虚心请教;没有可供利用的技术资料,就只能自己动手攻关。经过艰难的探索,终于设计研制出了中国自己的载人飞船。特别能战斗、特别能攻关,戚发轫说:"当国家有特别需要的时候,每一名航天人、每一名中国人都要有这种特别的精神。"

2000年12月,神舟二号发射的前十天,火箭意外被撞。年过六旬的总指挥黄春平、载人运载火箭总设计师刘竹生爬上11层平台,一层一层仔细查看,20多个小时没有合眼,嗓子已经讲不出话来。经过严密诊断,4天之后,一份长达50多页的报告《碰撞后火箭受损结果分析及处理措施》有理有据地给出了"可以正常发射"的结论。于是,火箭又重新耸立在发射塔架旁,并于2001年1月10日,把神舟二号飞船成功送上太空。

对接锁系同步性装调质量决定了航天员能否在太空生存和能否安全返回地面。为做到12把锁的锁钩实现同步锁紧、同步分离,一线技师王曙群在装配过程中多次试验。他发现,分离姿态与设计要求产生了严重偏差,而且毫无规律可循……通过近一年的反复试验,他终于找到症结所在,提出改变钢索旋向以及对钢索进行预拉伸处理的工艺方案,同时调整了判断锁钩同步性的测量方法,解决了难题。

没有特别的精神,就没有特别的业绩。我们仅用4次无人飞行试验就实现了载人首飞,仅用3次载人飞行就完成了从"一人一天""多人多天"到空间出舱的跨越,仅用2次飞行就完全掌握了空间交会对接技术,使我国成为世界上第三个独立掌握载人天地往返、航天员太空出舱和空间交会对接技术的国家。

习近平总书记在对神舟十一号载人飞船发射成功的贺电中指出:"太空探索永无止境,航天攻关任重道远。希望同志们大力弘扬载人航天精神……不断开创载人航天事业发展新局面,使中国人探索太空的脚步迈得更大更远,为建设航天强国作出新的贡献。"

劳模精神

爱岗敬业　争创一流

● 讲述人

冀　星

2020年11月24日下午,国务院新闻办公室邀请5位新当选的全国劳动模范和先进工作者,与中外记者见面交流。来自贵州钢绳厂的高级技师周家荣动情地讲述了自己的成长之路:"我的一位老班长曾经给我讲过一段话,他说,'什么叫作不简单,什么叫作不容易?就是要长时期甚至用几十年的时间认认真真、持之以恒地做好一件事情,这就是不简单,就是不容易。'"由此，周家荣说："只有热爱岗位，我们才能干一行爱一行会一行，才能实现懂一行会一行精一行。"

在参加工作的30多年里，周家荣只干了一件事，那就是在生产钢丝绳上做文章。他生产的产品被用于多项国家重点工程和大国重器，他还参与海洋工程、港口机械、神舟飞船、辽宁号航空母舰、卫星等用的一系列钢丝绳的研发生产，以及30多项国家标准、行业标准的修订。

只有对岗位和职业怀有热爱之情、尊重之心，肯学肯干肯钻研，才能成就一番事业。

鞍钢工人孟泰为恢复生产，和十几名工友一道，冒着风雪，跑遍十里厂区寻找器材，在几个月的时间内，收集了材料上千种、零件上万个，建成了著名的"孟泰仓库"，成为新中国企业修旧利废的起点。抗美援朝战争期间，爱厂如家的孟泰把行李扛到了高炉上，随时准备用身体护卫高炉。他还坚持技术攻关，先后解决技术难题十几项，并成功自制大型轧辊，填补了我国冶金史的空白。

包起帆是一名从码头工人成长起来的教授级的高级工程师，长期在港口生产一线做物流工程。20世纪80年代，他结合港口生产实际，开展新型抓斗及工艺系统的研发，创造性地解决了一批关键技术难题，被誉为"抓斗大王"。

练就"一钩准""一钩净""二次停钩""无声响操作"等集装箱装卸技术的许振超说："咱当不了科学家，但可以做个能工巧匠，练一身绝活，同样无愧于时代。"他带领团队先后8次刷新集装箱装卸世界纪录，造就了名扬海内外的"振超效率""振超速度"。

一代又一代劳动者、一位又一位劳动模范，用他们对事业的尊敬与热爱、坚守与奉献、拼搏与进取，争创一流，助力了国家的复兴与时代的进步。

2015年4月28日，习近平总书记在庆祝"五一"国际劳动节暨表彰全国劳动模范和先进工作者大会上指出："'爱岗敬业、争创一流，艰苦奋斗、勇于创新，淡泊名利、甘于奉献'的劳模精神，生动诠释了社会主义核心价值观，是我们的宝贵精神财富和强大精神力量。"我们要激励全党全国各族人民弘扬劳模精神，使劳模精神在新时代不断发扬光大。

劳模精神

淡泊名利　甘于奉献

● 讲述人

冯　硕

2018年12月18日，在庆祝改革开放40周年大会上，镜头记录的一个细节温暖人心，"当代雷锋"郭明义全程搀扶着88岁的药学家屠呦呦同台接受表彰，在现场又当了一次雷锋。参加完大会，郭明义连夜坐火车回到了他所在的单位——鞍钢集团矿业公司齐大山铁矿，第二天一大早就出现在了矿山采场组织修路了。

20世纪五六十年代，掏

粪工人时传祥的追求是"宁以一人脏，换来万家净"。老北京平房多，四合院人口密度大，茅坑浅，粪便常常溢出来，气味难闻。遇到这种情况，时传祥总是不声不响地找来砖头，把茅坑砌得高一些。茅坑里掉进了砖头瓦块，他就弯下腰去，用手一块一块地拣出来。同班次的人每天背80桶，身为班长的他则每天背90桶，最多时每班掏粪、背粪达到了5吨。这个终身在粪便中工作的劳动模范这样说："咱要一人嫌脏，就会千人受脏；咱一人嫌臭，就会百家闻臭。俺脏脏一人，俺怕脏就得脏一街。"

上海的水电养护工徐虎，把"辛苦我一人，方便千万家"作为人生理念。20世纪八九十年代，为解决双职工家庭白天上班无法报修的难题，徐虎开展夜间义务服务。10多年的时间，3700多天，一到晚上，他都会准时背上工具包，骑着他的旧自行车，按着报修单上的地址，走家串户，从未失信，被群众誉为"晚上19点钟的太阳"。

每一位劳模都留下了不同的人生印记，而淡泊名利、甘于奉献则是他们身上共同的标志。

以"小扁担精神"闻名的劳动模范杨怀远，早年从一名普通的船舶服务员成长为船舶政委，但他出于对服务工作的热爱，主动辞去了政委职务，挑起一根小扁担，继续担任服务员。他经常到条件最差的五等舱里，为孩子们洗尿布，为老人们挑行李，为妇女们背孩子，几十年如一日，不怕苦，不怕累，不怕脏，不怕烦。他说："天下万物何所求？只求为人民服务到白头。"

这些劳动模范只问耕耘、不计得失，以实际行动诠释了劳模精神。

2016年4月26日，习近平总书记在安徽主持召开知识分子、劳动模范、青年代表座谈会，他强调："劳动模范是劳动群众的杰出代表，是最美的劳动者。劳动模范身上体现的'爱岗敬业、争创一流，艰苦奋斗、勇于创新,淡泊名利、甘于奉献'的劳模精神,是伟大时代精神的生动体现。我们要在全社会大力宣传劳动模范的先进事迹,号召全社会向他们学习、向他们致敬。"

[劳模精神]

"中国保尔"吴运铎

⦿ 讲述人

王 冠

人最宝贵的是生命。生命对于每个人只有一次,人的一生应当这样度过:当他回首往事,不会因为虚度年华而悔恨,也不会因为碌碌无为而羞愧。因为他把一生都献给了人类最伟大的事业——为了解放而斗争。

这段名言,出自苏联

▲ 吴运铎

▲ 《把一切献给党》1953年版图书封面

小说《钢铁是怎样炼成的》，主人公保尔·柯察金，影响了一代又一代人。而今天我要为您讲述的是我们中国的保尔。

在1951年10月5日，人民日报发表专题报道《钢铁是这样炼成的——介绍中国的保尔·柯察金兵工功臣吴运铎》。"中国保尔"吴运铎，1917年生于江西萍乡，早年曾经在安源煤矿当工人。1938年参加新四军，1939年加入中国共产党。

在抗日战争时期，吴运铎和战友们就是在茅草棚里开始了艰难的军工生涯：他们把水井辘轳固定在支架上，绳上吊了一块100多公斤重的铁疙瘩，这就成了锻打枪体和炮弹壳的"手摇汽锤"；他们又在磨粮食的石磨轴上套了一条粗布缝制的传送带，就成了"人推发动机"；在手电筒的灯珠上他们磨出了小洞往里面塞进火药，一通电就成了"电发雷管"……就是在如此简陋的条件下，吴运铎和他的战友们建成了我军第一个军械修造车间，制造出了我军第一支自制步枪，造出了我军第一批枪榴弹。

而在研制武器弹药的过程中，吴

运铎至少三次死里逃生,他的全身上下布满着100多处伤痕,左眼被炸失明,右腿被炸断,他的左手失去了四个半手指,大拇指只剩下了半截,浑身上下经历了20多次手术,身体里残留着几十块弹片。用今天的话说,想坐飞机根本过不了安检。

1951年,吴运铎作为特邀全国劳动模范代表到北京参加国庆观礼。在宴会上,周恩来总理握着他的手说:"你就是中国的保尔·柯察金。"

1953年,吴运铎饱含激情地写下了自传《把一切献给党》。这本自传当时发行量达到500多万册,被翻译成了俄语、英语、日语等28种文字,在国内外广为流传。

几年后有一名小学生写下这样的读后感:"吴运铎是我的学习榜样,我要像他一样长大之后努力工作,把一切献给党。"这名小学生的名字叫雷锋。

在我们党团结带领全国人民进行革命、建设、改革的各个历史时期,正是有许许多多像吴运铎这样的劳动模范,谱写出一曲曲可歌可泣的动人赞歌,树立了光辉的榜样。

"爱岗敬业、争创一流,艰苦奋斗、勇于创新,淡泊名利、甘于奉献"的劳模精神,是我们的宝贵精神财富和强大精神力量。在前进道路上,我们必须大力弘扬劳模精神、劳动精神、工匠精神,无论从事什么劳动,都要干一行、爱一行、钻一行,在平凡岗位上续写不平凡的故事。

幸福不会从天而降,梦想不会自动成真。要实现美好生活,必须靠劳动奋斗。新时代,新阶段,新征程,劳模精神、劳动精神、工匠精神,将继续鼓舞我们风雨无阻、勇敢前行。

讲述人感悟

我最感慨的是吴运铎同志的奋斗历程，就是在没有条件的情况下，他没有抱怨、没有退缩，而是创造了各种各样的条件。

我觉得生活在这个伟大的时代非常荣幸。今天，我们的恩格尔系数已经降到了30%以下，大家再也不用为吃穿发愁了。但是，这真的不是从天而降的，当年的共和国的建设者们，他们都是在看似非常平凡的岗位上作出了伟大的成绩，成为了职业的楷模。

我们又该如何把一个更好的共和国交给我们的下一代？作为一个小学生家长，我必须要思考这个问题。我觉得每个人都应该思考这个问题，如何能够继承这些优秀共产党员的奋斗精神，"跑好"我们这一棒，把更好的中国交给我们的下一代，我想这就是我来参加《非凡百年》，来讲述党史故事的一点小小的心愿，希望能够和您有所共鸣。

劳动精神

"劳动最美丽"

● 讲述人

孟语凡

2020年11月24日上午,全国劳动模范和先进工作者表彰大会在北京人民大会堂隆重举行。1689人被授予全国劳动模范称号,804人被授予全国先进工作者称号。大会上,代表所有表彰者上台宣读倡议书的是1979年出生、来自中国航发沈阳黎明航空发动机有限责任公司的高级技师洪家光。这位年轻的"中国第一车工"被称为"拼命三郎""工作疯子"。"拼搏到无能为力,努力到感动自己",是他微信朋友圈的个性签名,也是他实现200多项技术革新、解决340多个技术难题的精神"密码"。

"一勤天下无难事。"早在抗战时期,党就带领陕甘宁边区人民开展了轰轰烈烈的大生产运动。在杨家岭窑洞对面的山沟里,毛泽东亲自开垦了一块长方形的地,种上蔬菜,一有空就去浇水、拔草。王震率领三五九旅开赴荒无人烟的南泥湾,开荒生产,成为生产战线的一面旗帜。

新中国成立初期,太行山区农民李顺达带领老西沟的乡亲们在自然条件恶劣、物质条件落后的情况下,肩扛手挑,用锹耙犁锄,夜以继日,将老西沟这个"谁见也发愁"的穷山沟、苦山沟,变成了农林果牧共同发展的富裕沟、幸福沟。

鞍钢北部机修厂工具车间的刨工王崇伦,凭着他发明的"万能工具胎",在1953年一年时间里完成了4年又17天的工作量,被誉为"走在时间前面的人"。

"功崇惟志,业广惟勤。""铁路小巨人"巨晓林干了30多年的铁路接触网施工,记下了近300万字的笔记,编撰的《接触网施工经验和方法》成为铁路施工一线的"宝典",创新施工方法143项。他从一名普通农民工成长为知识型企业职工的优秀代表、大国工匠,用拼搏和汗水谱写了人生的精彩华章。

中交一航局第二工程有限公司总技师管延安,对工作有着近乎偏执的认真。他参加了港珠澳大桥建设,在全长5.6公里的海底隧道,他做到了零缝隙安装,拧过的60多万颗螺丝零失误,被誉为中国"深海钳工第一人"。

广大劳动者在各自的岗位上辛勤工作,铸就了"崇尚劳动、热爱劳动、辛勤劳动、诚实劳动"的劳动精神。

2018年4月30日，在"五一"国际劳动节来临之际，习近平总书记给中国劳动关系学院劳模本科班的学员回信，强调："劳动最光荣、劳动最崇高、劳动最伟大、劳动最美丽。全社会都应该尊敬劳动模范、弘扬劳模精神，让诚实劳动、勤勉工作蔚然成风。"

工匠精神

执着专注 精益求精

● 讲述人

王春潇

2014年,在全球历史最悠久、最权威的发明展览会——德国纽伦堡国际发明展览会上,一位来自中国的技术工人携带3项成果参展,全部获得金奖,他就是来自首都航天机械有限公司的特级焊接技师高凤林。

高凤林焊接的产品是火箭发动机的喷管,被喻为"火箭的心脏"。20世纪90年代,在研制"长三甲"系列运载火箭过程中,大推力氢氧发动机大喷管的焊接一度成为技术瓶颈。火箭大喷管的延伸段由248根壁厚只有0.33毫米的细方管组成，而它的焊缝长达900米，全部需要工人手工焊接，可它的管壁比一张纸还薄，焊枪只要多停留0.1秒就可能把管子烧穿或者焊漏。高凤林昼夜奋战一个多月，最终成功焊接出第一台大喷管，使我国火箭的运载能力大幅提升。

被业界誉为"金手天焊"的高凤林能把焊接误差控制在0.16毫米之内，并且将焊接停留时间从0.1秒缩短到0.01秒。高凤林说，他"喜欢不断雕琢自己的产品，不断改善自己的工艺，享受着产品在双手中升华的过程"。

努力将99%提高到99.99%的极致追求，就是工匠精神。

荣宝斋的技师王玉良一生追求完美，他的《夜宴图》木板复刻制作精妙，共用1667个木板，耗时一年半，至今无人能做第二份。

敦煌研究院保护研究所的李云鹤，一辈子守护在敦煌，修复了4000平方米的壁画、500多尊塑像。被誉为"壁画医生"的他，创造了一个新的职业——文物修复师。

高超的技艺和精湛的技能，精雕细琢、精益求精，打造极致的产品和体验，就是工匠精神的体现。

2015年，中央电视台播出纪录片《大国工匠》，讲述了24位工匠的动人故事。中国高飞集团高级钣金工王伟，手工打造精美弧线，把弧变控制在了9丝米以内，他将公差缩小到了接近标准公差的1/3。蛟龙号载人潜水器首席装配钳工技师顾秋亮，人称"顾两丝"，他纯手工打磨维修的密封面平整度能控制在2丝米以内，也就是一根头发丝的1/50。为了让自己的手形成对铁板薄厚的精准感受力，顾秋亮手指上的纹理都磨光了……

匠心从来不拘一格，每一位做到极致的劳动者，都有自己的匠心之道：择一事，终一生，以不息为体，以日新为道。

2019年9月，习近平总书记对我国技能选手在第45届世界技能大赛上取得佳绩作出重要指示，指出，劳动者素质对一个国家、一个民族发展至关重要。要在全社会弘扬精益求精的工匠精神，激励广大青年走技能成才、技能报国之路。

工匠精神

一丝不苟　追求卓越

⦿ **讲述人**

石宁海

　　川藏铁路是世界上平均海拔最高的铁路，铺设难度创造了多个世界之最。而由拉萨开往林芝的拉林铁路段的东嘎山隧道地质最为复杂。承担开凿任务的是中铁二局二公司的隧道爆破高级技师彭祥华和他的工友们。决定精准爆破效果的关键因素之一就是装药量，凭借着多年分装炸药的经验，彭祥华能够把装填药量的误差控制得远远小于规定的最小误差。

巨大的爆破声冲破隧道，浓烟冒出洞口。紧接着，最危险的工作就是走进爆破现场，检查效果和排除可能存在的哑炮。一次又一次，彭祥华阻止了其他工友近前，独自一个人走进了隧道……

一个人偶然间能够镇定地面临一次致命的危险并不难，但彭祥华从青春岁月到年逾半百的20多年里，屡屡面对致命危险，而能够守恒如常，这则是大国工匠的担当。

对于一名好工匠而言，高超的技艺只是其表象，更为决定性的因素是具有坚忍不拔的品质、追求卓越的恒心、钻研创新的执着。严谨细致、专注负责的工作态度，对职业的认同感、责任感，平凡的岗位干出不平凡的业绩，就是工匠精神的体现。

被誉为"航标灯王"的郑启湘，起初只是长江洪湖航道的一名航标灯器维修工，他只有小学文化，但是40多年里他埋首于航标灯研制，先后攻克多项技术难题，完成了40多项技术革新，成功研制出了具有国际领先水平的"HD系列太阳能一体化航标灯"。

被誉为"电力爱迪生"的朱玉伟，是国家电网平顶山供电公司输电带电作业班班长。他屡屡突破技术瓶颈，发明出遥控放线飞车、更换复合绝缘子专用梯、可调式通用撑梁等输电运检创新工器具，有3项成果填补了国内带电作业工具空白。朱玉伟还获得授权专利26项，带领班组成员开创了全国500千伏输电线路带电作业先河。

浙江杭州，是一个有着千年记忆的城市。而9月26日对杭州来说，则是一个有着特殊意义的日子。1937年的这一天，中国人自主设计、建造的第一座跨江大桥如彩虹般飞架钱塘江两岸。从2019年开始，杭州将每年的9月26日设为"工匠日"，成为全国第一个为工匠设立专属节日的城市。

时代发展需要大国工匠。"建设知识型、技能型、创新型劳动者大军，弘扬劳模精神和工匠精神，营造劳动光荣的社会风尚和精益求精的敬业风气。"

脱贫攻坚精神
抗疫精神
科学家精神
企业家精神
探月精神
新时代北斗精神
丝路精神

中国特色社会主义新时代

脱贫攻坚精神

大山里的"名校"

● 讲述人

任鲁豫

前段时间,电视剧《小舍得》热播,许多家长从中看到了自己的影子:全部重心都在孩子的教育上,希望孩子上名校。

有这么一所学校,您听听算不算家长心目当中的名校。在2020年高考中,学校159人参加,150人上本科,一本线以上70人,理科最高分651分,文科最高分619分。您肯定想问,这个学校到底在哪?招生条件又是什么?

我告诉您，这所学校在西南的大山里，它就是云南省丽江市华坪县女子高级中学。

这所大山里的学校究竟是如何成为"名校"的呢？这背后离不开一个人，她就是"全国优秀共产党员""时代楷模""全国脱贫攻坚奖"获得者张桂梅。

1996年，张桂梅放弃优越条件，一头扎进了大山，从此辛勤奉献25年。她推动创建了中国第一所公办免费女子高中，截至2020年底，帮助1800多个女孩走出大山，走进大学。

她身患绝症，却拖着病体坚守三尺讲台，与学生同吃、同住，陪伴学习；她把所有捐给她治病的钱和奖金、工资，都捐献出来修建乡村校舍；她胸怀梦想、矢志不渝，就是希望更多山区的孩子走出大山求学，阻断贫困的代际传递。

党的十八大以来，以习近平同志为核心的党中央把脱贫攻坚摆在治国理政的突出位置，团结带领全党全国各族人民，采取一系列具有原创性、独特性的重大举措，组织实施了人类历史上规模最大、力度最强、惠及人口最多的脱贫攻坚战。

张桂梅就是奋斗在脱贫攻坚战场上的一名先锋，这样的先锋层出不穷：苦干实干、在悬崖峭壁上凿石修路的毛相林，带领贫困地区农牧民妇女开拓致富新路的白晶莹，让47万群众喝上"安全水""幸福水"的刘虎，谱写新时代青春之歌的黄文秀，扎根脱贫一线、鞠躬尽瘁的黄诗燕……

东西协作、定点帮扶以及产业扶贫、科技扶贫、教育扶贫、文化扶贫、健康扶贫、消费扶贫，举国同心，合力攻坚。在这场声势浩大的脱贫攻坚人民战争中，党和人民披荆斩棘、栉风沐雨，攻克一个又一个贫中之贫、坚中之坚，脱贫攻坚战取得了全面胜利：现行标准下9899万农村贫困人口全部脱贫，832个贫困县全部摘帽，

12.8万个贫困村全部出列。

在全国脱贫攻坚总结表彰大会上，习近平总书记指出："脱贫攻坚伟大斗争，锻造形成了'上下同心、尽锐出战、精准务实、开拓创新、攻坚克难、不负人民'的脱贫攻坚精神。脱贫攻坚精神，是中国共产党性质宗旨、中国人民意志品质、中华民族精神的生动写照，是爱国主义、集体主义、社会主义思想的集中体现，是中国精神、中国价值、中国力量的充分彰显，赓续传承了伟大民族精神和时代精神。"

 讲述人感悟

每次读张桂梅校长的事迹，我都特别感动。我父亲也是一位人民教师，而且做过很多年毕业班的班主任，高考毕业班的班主任。我曾经在我父亲生前问过他：你作为高考毕业班的班主任，最幸福的时刻是什么？他说最幸福的时刻就是全班考上大学。所以在某种程度上我非常能够理解张桂梅校长的心情。

但是，张桂梅校长打动我们的，我相信还不仅仅是一种忘我的职业精神，她还有一份浓浓的家国情怀。很多人形容张桂梅校长是"燃灯"校长，其实她何止是一盏灯，应该是一把火炬。她照亮了更多山里女孩的梦想，照亮她们前行的路，同时也照亮了我们更多人前行的路，鼓舞了我们的梦想。

脱贫攻坚精神

上下同心　尽锐出战

● 讲述人

郭嘉宁

电视剧《山海情》的热播，让宁夏永宁县的闽宁镇进入了大众的视野。追剧的马文祥看到第一个参与双孢菇种植、向福建专家学技术的马得宝，特别亲切：这不就是当年的自己吗？

20世纪90年代，福建率先响应对口帮扶政策，对接宁夏贫困山区的移民搬迁和产业扶贫：让生活在土地贫瘠的西海固群众，搬迁到了贺兰山脚下的黄河灌区。马文祥作为第一批移民，一家十口从大山里搬迁到了闽宁村。

20多年来，来自福建的11批挂职干部，2000多名支教支医支农工作队员和专家院士，再加上西部计划志愿者，一共有超过10万人次直接参与了帮扶宁夏。

到今天，闽宁村已经升级成了拥有6万多人的闽宁镇，培育出了菌菇、酿酒葡萄等的特色产业，人均纯收入超过了14000块钱。闽宁镇的故事就是中国东西部扶贫协作的一个成功案例。

2015年11月，党中央、国务院发出"打赢脱贫攻坚战"的号令。中西部22个省份党政主要负责人向中央签署脱贫攻坚责任书、立下"军令状"，确保"不获全胜决不收兵"。

按照中央统一部署，中央和国家机关先后制定、出台了200多个扶贫政策文件和实施方案，各个省区市也纷纷出台和完善"1+N"扶贫举措。中国构筑起了从上到下全面联动的贫困治理政策体系。

为了打通精准扶贫的"最后一公里"，从2013年开始，全国向贫困村选派第一书记和驻村工作队。从中央到地方，集中精锐力量，累计选派了25.5万个驻村工作队、300多万名第一书记和驻村干部，他们和近200万名乡镇干部以及数百万名村干部一起奋战在扶贫一线。

除了中央和国家机关各部门、民主党派、人民团体、国有企业和人民军队等积极行动，开展定点扶贫，广大民营企业、社会组织和公民个人也热情参与，"万企帮万村"行动蓬勃开展，构建起专项扶贫、行业扶贫、社会扶贫互为补充的大扶贫格局，形成了跨地区、跨部门、跨单位、全社会共同参与的社会扶贫体系。千千万万的扶贫善举彰显出了社会大爱，也汇聚起了排山倒海的磅礴力量。

贫困地区群众是这场脱贫攻坚战的参与主体，充分地调动他们的积极性、主动性和创造性，激发他们的脱贫内生动力，是打赢脱贫攻坚战的关键一环。在党的领导下，广大贫困群众把对美好生活的向往转化成了脱贫攻坚的强大动能，树立起"宁愿苦干、不愿苦熬"的观念，鼓足了"只要有信心，黄土变成金"的干劲，不等待、不观望，发扬"让我来"的精神，依靠自己的双手摆脱贫困、改变命运。

回望脱贫攻坚路，上下同心、尽锐出战。正如习近平总书记在全国脱贫攻坚总结表彰大会上所指出的："坚持发挥我国社会主义制度能够集中力量办大事的政治优势，形成脱贫攻坚的共同意志、共同行动。我们广泛动员全党全国各族人民以及社会各方面力量共同向贫困宣战，举国同心，合力攻坚，党政军民学劲往一处使，东西南北中拧成一股绳。"

脱贫攻坚精神

精准务实　开拓创新

● 讲述人

沙玛阿果

在湖南湘西花垣县的十八洞村，有位苗族女孩，她的名字叫施林娇。和她的家乡一样，施林娇的生活与梦想因为精准扶贫而改变。她从小有一副好嗓子，梦想考入音乐学院。可是在2015年备战高考的关键时刻，施林娇的父亲因病去世，家中生活变得举步维艰。

幸运的是，因为精准扶贫识别机制迅速跟进到了施林娇家发生重大变故的情况。

在驻村扶贫工作队上门了解情况以后，施林娇家很快便享受到了帮扶贫困户的各项政策。她得以心无旁骛备考，顺利被浙江音乐学院录取，并靠着国家助学贷款完成了学业。大学毕业以后，在外打拼的施林娇为家乡的变化感到振奋，她毅然辞职回乡创业，用直播带货的形式帮助村民销售土特产品。如今她的直播间里，观众常常突破万人。

我们国家从20世纪80年代开始进行大规模扶贫开发。初期的政策设计主要是以贫困县为扶贫单元。这个机制曾经取得了很大的成效，但难以直达贫困户。截至2012年底，现行贫困标准下还有9899万农村贫困人口，贫困发生率为10.2%。新时代的脱贫攻坚这场硬仗该怎么打？

2013年11月3日，正是在十八洞村，习近平总书记首次提出"精准扶贫"的概念，强调"实事求是、因地制宜、分类指导、精准扶贫"。一系列配套政策相继出台，精准扶贫迅速落实到行动与实施层面。

2014年4月，全国贫困地区80万基层干部开始进村入户，一张识别贫困人口的大网在中国大地上铺展开来。

怎么确定贫困人口？一看房、二看粮、三看劳动力强不强、四看家中有没有读书郎。"两不愁"，不愁吃、不愁穿，是否真不愁？"三保障"，义务教育、基本医疗和住房安全，是否真有保障？认定的指标越来越清晰，程序也越来越严密。

2015年全国又组织200多万人开展建档立卡"回头看"。中国扶贫开发历史上第一次实现了精准到户、精准到人。

贫有百样，困有千种。开对"药方子"，才能拔掉"穷根子"。这个药方就是"五个一批"。

一、发展生产。到2020年12月，832个贫困县全部编制了产业扶贫规划,累计建成各类产业基地超过30万个。

二、易地搬迁。全国960多万贫困人口搬进了新落成的266多万套住房,有劳动力的搬迁家庭至少一人就业。

三、生态补偿。通过实施生态补偿扶贫、国土绿化扶贫和生态产业扶贫,2000多万贫困人口脱贫增收。

四、发展教育。到2020年11月,全国20万义务教育阶段建档立卡辍学学生人数实现了动态清零。

五、社会保障兜底。党的十八大以来,近2000万贫困群众享受低保和特困救助供养,2400多万困难和重度残疾人拿到了生活和护理补贴。

2021年2月25日,习近平总书记在全国脱贫攻坚总结表彰大会上指出:"事实充分证明,精准扶贫是打赢脱贫攻坚战的制胜法宝,开发式扶贫方针是中国特色减贫道路的鲜明特征。只要我们坚持精准的科学方法、落实精准的工作要求,坚持用发展的办法解决发展不平衡不充分问题,就一定能够为经济社会发展和民生改善提供科学路径和持久动力!"

脱贫攻坚精神

攻坚克难　不负人民

● 讲述人

陈铎

　　2021年2月25日上午，全国脱贫攻坚总结表彰大会在北京人民大会堂隆重举行。毛相林等10名同志，还有河北省塞罕坝机械林场等10个集体被授予"全国脱贫攻坚楷模"的荣誉称号。在雄壮的《向祖国英雄致敬》乐曲声中，习近平总书记首先为重庆市巫山县竹贤乡下庄村党支部书记毛相林颁授奖章。

　　下庄村地处大山深谷的

底部，四周被高山绝壁合围，想要外出只有一条挂在绝壁上的羊肠小道。为了脱贫致富，毛相林带领村民们开始在绝壁上修路。可是没有机械设备怎么办呢？他就带着大家腰系长绳，趴在箩筐里，吊在几百米的悬崖上打炮眼，炸出一块"立足之地"，再用钢钎和大锤一点一点地凿，就这样一步一步向前推进。

他说："山凿一尺宽一尺，路修一丈长一丈，就算我们这代人穷十年、苦十年，也一定要让下一辈人过上好日子！"

毛相林和村民们用了7年时间，一条8公里长的"绝壁天路"终于开通了。这是一条通向幸福的"天路"啊。

同样获得"全国脱贫攻坚楷模"荣誉称号的新疆伽师县水利局局长刘虎，却没有出现在大会现场，怎么回事呢？原来为了解决当地各族群众因水致病、因病致贫的问题，身患肺癌的刘虎积极推进饮水安全工程，他带领团队找水源、探路线、定方案、划标段。由于伽师县和水源地之间相隔上百公里，工程要跨越3个县，65个标段，输水干管长112公里、支管长167公里，改建和扩建配水管网有1548公里！

面对如此艰巨繁重的工程任务，刘虎迎难而上，全身心地投入。工程忙的时候，他一连几个月都顾不上去医院。2020年5月20日，这个饮水工程开通了，47万各族群众彻底告别饮用苦咸水的历史。这时候的刘虎却因为耽误治疗和劳累过度，病情严重恶化，左眼失明、瘫痪在床。他说："能参与改水，让家乡百姓早日吃上甜水，值啦！"

回顾脱贫攻坚的这些年，广大扶贫干部舍小家为大家，同贫苦群众结对子、认亲戚，常年加班加点、任劳任怨，困难面前豁得出，关键时候顶得上，把心血和汗水洒遍千山万水、千家万户。

到了决战决胜的最后关头，党中央把精准脱贫作为三大攻坚战之一进行全面部署,聚力攻克深度贫困堡垒。为了有力应对新冠疫情和特大洪涝灾情带来的影响,党中央要求全党全国以更大的决心、更强的力度,做好"加试题"、打好收官战。最终,所有深度贫困地区的最后堡垒被全部攻克。

在全国脱贫攻坚总结表彰大会上,习近平总书记无限深情地说:"无论是雪域高原、戈壁沙漠,还是悬崖绝壁、大石山区,脱贫攻坚的阳光照耀到了每一个角落,无数人的命运因此而改变,无数人的梦想因此而实现,无数人的幸福因此而成就!"在急难险重的脱贫攻坚任务考验面前,中国共产党人兑现了对人民的承诺!

抗疫精神

每一个生命都得到全力护佑

● 讲述人

蔡宝峰

2020年1月25日,大年初一,全国人民沉浸在新春的喜悦中。此时,中南海怀仁堂正召开一次紧急会议……

这年的春节,一场新冠疫情突然袭来,人民生命安全和身体健康面临严重威胁。面对来势汹汹的疫情,中国共产党和中国政府以对人民负责、对生命负责的鲜明态度,把人民生命安全和身体健康放在第一位,以非常之举应对非常之事，全力保障人民生命权、健康权。

1月22日，党中央以巨大勇气，果断关闭了离汉、离鄂通道，对湖北省和武汉市果断采取史无前例的全面严格管控措施。同时，在全国范围内严控人员流动，延长春节假期，停止人员聚集性活动，决定全国企业和学校延期开工开学，迅速遏制疫情的传播蔓延，避免更多人受到感染。

与此同时，从出生仅30个小时的婴儿至100多岁的老人，不计代价抢救每一位患者的生命：已经收到病危通知单的章玮，在辽宁、河南、福建以及湖北本地医护人员70多天竭尽全力的接力救治下，最终转危为安；即将临产的孕妇病情危重，经过医疗团队14昼夜接力，孕妇成功分娩，婴儿健康……

在这次疫情中，老年患者往往病情较重，有的生命垂危，是救治的难点。不放弃每一个生命，医护人员不断挑战医学极限，创造了一个又一个奇迹。疫情发生后，湖北省成功治愈3000余位80岁以上、7位百岁以上新冠病毒感染患者，多位重症老年患者是从死亡线上抢救回来的。一位70岁老人感染新冠病毒，10多名医护人员精心救护几十天，终于挽回了老人生命。

2020年5月22日，因疫情影响推迟了70多天的十三届全国人大三次会议开幕。当天下午，习近平总书记在参加他所在的内蒙古代表团审议时说："无论年龄再大、病情再重我们都绝不放弃。""什么叫人民至上？这么多人围着一个病人转，这真正体现了不惜一切代价。"

生命至上是伟大抗疫精神的重要内涵，集中体现了中国人民深厚的仁爱传统和中国共产党人以人民为中心的价值追求。习近平总书记指出："在保护人民生命安全面前，我们必须不惜一切代价，我们也能够做到不惜一切代价，因为中国共产党的根本宗旨是全心全意为人民服务，我们的国家是人民当家作主的社会主义国家。"

抗疫精神

一方有难　八方支援

● 讲述人

王嘉宁

2020年初，我国湖北武汉等地陆续发生新冠疫情。有一位还不到20岁、去武汉支援抗疫的广东小护士，记者问她："你还是个孩子，还需要别人帮助。"她回答说："穿上防护服，我就不是孩子了。"

新冠疫情暴发后，我们举全国之力实施了规模空前的生命大救援。党中央统揽全局，迅速建立起统一高效的指挥体系，开展了新中国成立以来规模最大的医疗支援行动。全国的医疗资源和力量火速向湖北集中，300多支国家医疗队、4万多名医务人员紧急驰援，19个省份以对口支援、以省包市的方式支援湖北省除武汉市以外的16个地市。全国调集4万名建设者和几千台机械设备，用10多天时间先后建成火神山医院、雷神山医院和16座方舱医院，迅速开辟600多个集中隔离点。医疗企业和工厂开足了马力生产供应疫情防控物资，还有很多非医疗企业也迅速调整转产，开始生产口罩、防护服、消毒液、测温仪等。在2月初，医用非N95口罩日产量只有586万只，到4月底日产量已超2亿只……中国行动速度之快、规模之大，让世界卫生组织总干事谭德塞惊呼"世所罕见"。

离汉通道关闭后，武汉市有近千万人居家隔离，每天都需要大量的生活物资。政府与企业联动，各方支援，粮食、蔬菜、肉、蛋、奶、煤、电、油、气、热等居民生活物资，源源不断地从全国输送到湖北武汉。这里面有山东的大葱、辽宁的白菜、陕西的苹果……还有许多农民把自家最好的东西寄往抗疫一线。

涓涓细流，汇成大海。在山东临沂农村有一位老人，他的生活并不富裕，在新冠疫情暴发后不久，他先后向县里、镇里、村里和红十字会5次捐款，共捐出了自己平时节省下来的17500元。网上还有一张照片，特别令人感动：有一个5岁的小朋友，他的个子还没有捐款箱高，踮着脚捐出了自己的压岁钱。

抗疫是一场人人参与、人人行动的人民战争。数百万医务人员奋战在一线，400多万名社区工作者日夜值守，180万名环卫工人起早贪黑，数百万快递员冒疫奔忙，460多万个基层党组织冲锋陷阵，7000多万名党员自愿捐款，还有大量新闻工作者深入一线，千千万万名志愿者和普通人在默默奉献着……

举国同心是伟大抗疫精神的重要内涵，集中体现了中国人民万众一心、同甘共苦的团结伟力。正如习近平总书记在全国抗击新冠肺炎疫情表彰大会上所指出的:"我国社会主义制度具有非凡的组织动员能力、统筹协调能力、贯彻执行能力,能够充分发挥集中力量办大事、办难事、办急事的独特优势,这次抗疫斗争有力彰显了我国国家制度和国家治理体系的优越性。"

抗疫精神

以生命赴使命

● 讲述人

陈 星

1996年出生的女孩甘如意,是一名社区医生。新冠疫情暴发后,她争分夺秒从老家荆州骑着自行车,历经4天3夜,冒着寒风冷雨,行程300多公里,逆行回到武汉参加抗疫。她说:"黑夜中我很害怕,越骑越快。但是,医院需要我,患者需要我,我必须赶到!"

在这次抗击新冠疫情的生死较量中,广大医务人员白衣为甲,逆行出征。

武汉市金银潭医院院长张定宇，身患渐冻症，他忍着病痛折磨，始终坚守在一线。疫情中，他在病区睡过，在值班室睡过。一天，在病区主任见面会结束后，张定宇说："我得了渐冻症，剩下的时间可能不多了。我必须跑得更快，才能从病毒手里抢回更多的病人。我们要用自己的生命保卫武汉！拜托大家了！"他双手抱拳，深鞠一躬。

武昌医院院长刘智明，全力投入救治，接收完潮涌般的病人，他也被确诊了。住进ICU后，他依然在病房不停地接打电话、回复微信，了解院内的感染防控情况。在用体外膜肺氧合（ECMO）治疗了17个小时后，刘智明走了，他的同事说："他被病毒伤害而倒下，但是他从来没有被病毒'打败'过！"

29岁的呼吸与危重症医学科医生彭银华，原准备2月1日与妻子举行婚礼。疫情来临，他推迟了婚礼，不眠不休地接诊病人，直到自己被感染，牺牲在一线。2020年9月8日，彭银华的妻子钟欣，受邀参加了全国抗击新冠肺炎疫情表彰大会。当听到抗疫勇士中"有永远无法向妻子兑现婚礼承诺的丈夫"时，钟欣的眼泪夺眶而出。钟欣说："等女儿长大了，要把英雄爸爸的事迹讲给她听，要把这场战疫中的精神与力量传递下去。"

在这次抗击新冠疫情的战斗中，除了广大医护人员，逆行出征，用生命赴使命，还有各条战线的抗疫勇士。他们临危不惧、视死如归，用大爱护众生：武汉快递小哥汪勇克服疫情恐惧，主动义务接送医护人员，几个月里他每天只睡4个小时。汪勇和他身后的志愿团队，在武汉"封城"的几个月里，共计为4000名医护人员提供了送盒饭、修手机、换眼镜、剪头发等各种各样的后勤服务；67岁的村干部李增运，每天坚持冲在战疫一线，挨家挨户摸排情况，到村口检测点执勤站岗，连续奋战数十天后不幸离世……

舍生忘死是抗疫精神的重要内涵，集中体现了中国人民敢于压倒一切困难而不被任何困难所压倒的顽强意志。习近平总书记指出："面对疫情，中国人民没有被吓倒，而是用明知山有虎、偏向虎山行的壮举，书写下可歌可泣、荡气回肠的壮丽篇章！"

[抗疫精神]

把遵循科学规律贯穿全过程

● **讲述人**

何岩柯

赵振东是我国病原生物学和感染免疫学领域的专家，当国家卫健委请他担任疫苗研发专班技术支持小组组长时，他没有丝毫犹豫就答应了下来。2020年9月17日，在疫苗研发一线连续作战200多天，53岁的赵振东因持续工作、过度劳累突发心脏疾病，生命永远定格在了这一天。

科学技术是人类同疾病较量的锐利武器，人类战胜大灾大疫离不开科学发展和技术创新。

新冠疫情暴发后，我们国家迅速组织全国优势科研力量，部署启动83个应急攻关项目，组建数百个科研团队、集合数千位科研人员开展科技攻关。第一时间就研发出核酸检测试剂盒。而且在没有特效药的情况下，实行中西医结合，先后推出8版全国新冠肺炎诊疗方案，筛选出"三药三方"等临床有效的中药西药和治疗办法，被多个国家借鉴和使用。

在新冠病毒疫苗的研发方面，我国按照灭活疫苗、腺病毒载体疫苗等5条技术路线开展疫苗的研发，研发成绩显著，部分技术路线进展处于国际领先水平。根据国家卫健委的消息，截至2021年8月26日，31个省（自治区、直辖市）和新疆生产建设兵团累计报告接种新冠病毒疫苗200391.4万剂次，完成全程接种的人数为88943.9万人。全国累计报告接种新冠病毒疫苗超过20亿剂次。"健康码"现在成为广为人知的热词。像商超、火车站、机场、地铁等公共场所，进门的第一件事就是"扫码"。这个伴随这次新冠疫情产生的新鲜事物，背后正是科技力量在疫情防控方面的运用。

运用大数据、人工智能等新技术，进行疫情趋势研判，开展流行病学调查，努力找到每一个感染者、穷尽式地追踪密切接触者并且进行隔离。通过5G视频实时对话平台，偏远山区的流行病学调查团队就可以与几千公里之外的高级别专家互动交流。另外，利用大数据技术绘制"疫情地图"，通过社区名称、地址和位置，标明疫情传播具体地点、距离、人数等，为公众防范传染提供了便利。

无论是抢建方舱医院，还是多条技术路线研发疫苗，无论是开展大规模的核酸检测、大数据追踪溯源和健康码识别，还是分区分级差异化的防控、有序推进复工复产，都是对科学精神的尊崇和弘扬，都为战胜疫情提供了强大的科技支撑。

正如习近平总书记在全国抗击新冠肺炎疫情表彰大会上所指出的："尊重科学，集中体现了中国人民求真务实、开拓创新的实践品格。面对前所未知的新型传染性疾病，我们秉持科学精神、科学态度，把遵循科学规律贯穿到决策指挥、病患治疗、技术攻关、社会治理各方面全过程。"

抗疫精神

命运与共

● 讲述人

崔 爽

2020年4月20日,俄罗斯总统普京在政府官员及各领域专家参加的视频会议上,深有感触地说:"当我们的中国朋友在2月份遇到困难时,我们送过去了200万只口罩,现在,我们已通过各种渠道收到了1.5亿只来自中国的口罩。"

大道不孤,大爱无疆。

新冠疫情发生以来,我们秉承"天下一家"的理念,不仅对中国人民生命安全和身体健康负责，也对全球公共卫生事业尽责。第一时间向世界卫生组织、有关国家和地区组织主动通报新冠疫情信息，第一时间发布新冠病毒基因序列等信息，第一时间公布诊疗方案和防控方案。截至2020年6月，同其他国家、国际和地区组织开展新冠疫情防控交流活动70多次，开设新冠疫情防控网上知识中心并向所有国家开放，毫无保留地同各方分享防控和救治经验；国家卫生健康委员会汇编了诊疗和防控方案，并翻译成3个语种，分享给了全球180多个国家、10多个国际和地区组织参照使用。

我们在自身防疫仍然面临巨大压力的情况下，尽己所能地为国际社会提供援助。新冠疫情暴发后几个月的时间里，我国向世界卫生组织提供两批共5000万美元现汇援助，向其他国家派出几十支医疗专家组，提供数百批的抗疫援助。2020年3月至9月，我国总计出口口罩超过1500亿只、防护服14亿件。

当中国将标有"铁杆朋友，风雨同行"的呼吸机、监护仪等大批医疗物资运到塞尔维亚时，总统武契奇分别在塞尔维亚国旗和中国五星红旗上献上满怀情意的一吻，两面国旗的一角被紧紧地绑在了一起。

我们率先提出将新冠病毒疫苗作为全球公共产品，并一贯主张深化疫苗国际合作，确保疫苗在发展中国家的可及性和可负担性。到2021年7月，我们克服自身大规模接种带来的挑战，已向发展中国家提供疫苗5亿多剂，未来3年内还将再提供30亿美元国际援助，用于支持发展中国家抗疫和恢复经济社会发展。中国以实际行动帮助挽救了全球成千上万人的生命，以实际行动彰显了推动构建人类命运共同体的真诚愿望！

习近平总书记指出："命运与共，集中体现了中国人民和衷共济、爱好和平的道义担当。……我们发起了新中国成立以来援助时间最集中、涉及范围最广的紧急人道主义行动，为全球疫情防控注入源源不断的动力，充分展示了讲信义、重情义、扬正义、守道义的大国形象，生动诠释了为世界谋大同、推动构建人类命运共同体的大国担当！"

▲ 我国深化疫苗国际合作

科学家精神

一片冰心在报国

● **讲述人**

敬一丹

1950年,一位已经获得美国普渡大学物理学博士学位并留校任教的中国青年,通过印度驻美大使馆办理了难民证,乘船经香港回国。

回国以前,他没有联系任何国内的工作单位,只是想着"为祖国做点贡献,哪里需要就到哪里去"。刚一踏上祖国的土地,他就接受了上级交派的紧急任务。这个任务是为在抗美援朝前线的志愿军运输队设计一种特殊的车灯和路标。

报国心切的青年，立即开始投入设计。为了让志愿军的战士们在前线既可以夜间行车，又不被敌机发现，他依据光线在锥体表面定向反射的原理进行设计，使得车灯所发出的光线，经过路标的反射，只能定向反射到司机的眼里，避免了被敌机发现的可能。这种车灯和路标很快投入使用，效果良好，很好地解决了难题。

这位青年的名字叫王守武。

早在1930年，年仅11岁的他就在杂志上发表文章呼吁："诸位朋友，你们要救中国，要做中国人，一定要大家尽责、大家负责，愿大家努力读书、努力前进，还愿将来努力救国、努力富国、努力强国。"

作为我国半导体科学技术事业的重要开拓者和奠基人之一，他一生都在用自己的智慧和行动救国、富国、强国，始终把国家的需要放在第一位。

新中国成立初期，像王守武一样毅然归国、报效人民的科研人员还有很多很多。1949年9月，终点是中国香港的"克利夫兰总统号"邮轮从美国的旧金山出发，船上的二十几名中国留学人员格外引人注目，他们沉浸在回国的期待和喜悦之中。在旅途中，他们听到了消息——新中国成立！他们十分振奋，在船上举行了别开生面的庆祝活动。他们想做一面新中国的国旗。可是船上没有红布，怎么办呢？他们就在船舱里找来了白布和红色的墨水。他们用红墨水把白布染红，再用黄纸剪了五个五角星，然后贴到红布上，用这种方式庆祝共和国的成立。

为了国家和人民，这是那一代科学家的共同心愿和精神支撑。冶金学家李薰，从英国回到祖国，他说："我永远是中国人！"后来，他研制的关键材料，被应用于我国的第一颗原子弹、第一颗返回式卫星、第一架超音速喷气飞机以及第一艘核潜艇。

留学美国的师昌绪要求回国，却被美方阻挠。日内瓦会议期间，周恩来总理据理力争，才得以用美国空军的战俘换回了他。他一辈子最看重的就是国家，他总是说："作为一个中国人，就要对中国作出贡献，这是人生的第一要义。"他带领攻关队伍，研制出空心涡轮叶片，使我国成为第二个拥有这一技术的国家，航空发动机性能上了一个新台阶。人们说，空心涡轮叶片，是师昌绪送给祖国的翅膀。

在科学家座谈会上，习近平总书记指出："科学无国界，科学家有祖国。我国科技事业取得的历史性成就，是一代又一代矢志报国的科学家前赴后继、接续奋斗的结果。""希望广大科技工作者不忘初心、牢记使命，秉持国家利益和人民利益至上，继承和发扬老一辈科学家胸怀祖国、服务人民的优秀品质，弘扬'两弹一星'精神，主动肩负起历史重任，把自己的科学追求融入建设社会主义现代化国家的伟大事业中去。"

科学家精神

攻坚克难　追求卓越

● 讲述人

张舒越

　　"呦呦鹿鸣，食野之蒿。"青蒿，在我国是一种很常见的植物。它外表朴实无华，却含有治病救人的奇妙力量。名字出自《诗经》中这句话的屠呦呦，正好利用这株小草，发现了青蒿素，造福了全人类。

　　20世纪60年代，疟疾在我国肆虐，农村地区尤为严重，儿童患病后死亡率极高。1969年，中国中医研究院接受抗疟疾研究任务，屠呦呦被提名为组长。

当时医疗设施条件极为有限。屠呦呦带领的工作小组,只能在简陋的环境下,从历代古籍文献记载的2000多种动植物、矿物药中整理、筛查。然而要在短期内,从几千种中草药中找到合适有效的药物,堪比大海捞针。

屠呦呦还四处拜访老中医,最终编成以600多种药物为主的抗疟疾方集,其中就包括了最关键的青蒿方剂。青蒿入药,古籍均有记载。但是,使用哪种青蒿,如何发挥最高药效,却几乎没有线索可查。

当时,屠呦呦的研究小组发掘了多个使用青蒿的方剂,但效果都不理想,研究实验一度陷入僵局。屠呦呦没有放弃,她反复钻研,最终在葛洪的《肘后备急方》中找到灵感。

▲ 屠呦呦进行提取青蒿素实验

书中记载:青蒿一握,以水二升渍,绞取汁,尽服之。屠呦呦想,古人这么做,会不会因为加热会破坏青蒿里的有效成分呢?于是,她创新方法,决定用沸点只有34.6℃的乙醚来提取青蒿。实验过程繁杂而冗长。1971年，经过190次失败后，她终获成功，得到青蒿提取物，抗疟效果为100%。这将给全球数亿疟疾感染患者带去希望。

屠呦呦后来成为第一位获得诺贝尔科学奖项的中国科学家，也是第一位获得诺贝尔生理学或医学奖的华人科学家和第一位获得国家最高科学技术奖的女科学家。她和李四光、钱学森、钱三强、邓稼先等老一辈科学家，以及陈景润、黄大年、南仁东等新中国成立后成长起来的杰出科学家一样，始终坚持走自主创新道路，展现出勇攀高峰、敢为人先的创新精神。经过几十年的积累，我国科技创新进入跟跑、并跑、领跑"三跑并存"的新阶段。进入新时代，"关键核心技术是要不来、买不来、讨不来的"已成为人们的共识。

在科学家座谈会上，习近平总书记指出："现在，我国经济社会发展和民生改善比过去任何时候都更加需要科学技术解决方案，都更加需要增强创新这个第一动力。""特别是要把原始创新能力提升摆在更加突出的位置，努力实现更多'从0到1'的突破。""广大科技工作者要树立敢于创造的雄心壮志，敢于提出新理论、开辟新领域、探索新路径，在独创独有上下功夫。"

科学家精神

始终不忘严谨求实的初心

● 讲述人

田 龙

2021年5月22日,袁隆平院士离世。大家都在发自内心地悼念、感谢这位"当代神农",以及他的"禾下乘凉梦"。

人们怀念的,除了袁隆平身上的家国情怀,还有真挚、执着的科学家精神。

袁隆平大半辈子都在与水稻打交道。在人们的印象中,他似乎永远是一个稻田里的"守望者"——一边走,一边看,托一托沉甸甸的稻穗，闻一闻稻谷的气息。

有人曾问他："你成功的秘诀是什么？"他回答："我没有什么秘诀，我的体会，可以用八个字来概括：知识、汗水、灵感、机遇。"

20世纪60年代，完全靠自己摸索经验的袁隆平发现，水稻中有一些杂交组合有优势。他认定这是提高水稻产量的重要途径。培育杂交水稻的念头，第一次浮现在他的脑海中。他认定"实事求是才是做学问的态度"，决心选育出雄性不育的特殊水稻品种。

为此，袁隆平每天都跑进稻田里仔细寻觅天然的水稻雄性不育株。酷暑时节，他赤脚踩在稻田里，手拿放大镜，在几千几万个稻穗里寻找，像大海捞针一样。

日复一日，没有收获，但他总是乐观地期待着。他知道这种不育株，尽管概率为数万分之一，但总归还是会有的。这种意念支撑着他。终于，在观察了14余万株稻穗后，他在洞庭早籼品种中发现了第一株雄性不育株！这也意味着，袁隆平在攻克杂交稻育种难题上，跨出了关键的第一步。

其后，他发表论文《水稻的雄性不孕性》。1970年，他又在海南发现了一株花粉败育野生稻，为杂交水稻研究打开了突破口。1986年，袁隆平正式提出杂交水稻育种战略：由三系法向两系法，再到一系法，不断朝着由繁到简、效率更高的方向发展。

在袁隆平的书房里，挂着一幅他自己写的七绝，其中就有一句，"山外青山楼外楼，自然探秘永无休"，表达了他探秘杂交水稻永无休止的决心。他曾说："任何一项科研成果都来自于深入细致的实干、苦干。我们搞育种是一门应用科学，它是要实践的，硬是要到田里面去，肯定要流汗的……因为书本上种不出水稻，电脑里也种不出水稻来。"

◀ 1981年,袁隆平为第二届国际杂交水稻育种培训班遴选讲课用的杂交水稻标本

让袁隆平奋斗一生的,是"让所有人远离饥饿",是"稻花香里说丰年"。

袁隆平逝世后,习近平总书记表示了深切悼念,高度肯定他为我国粮食安全、农业科技创新、世界粮食发展作出的重大贡献,要求广大党员、干部和科技工作者向袁隆平同志学习,学习他热爱党、热爱祖国、热爱人民,信念坚定、矢志不渝,勇于创新、朴实无华的高贵品质,学习他以祖国和人民需要为己任,以奉献祖国和人民为目标,一辈子躬耕田野,脚踏实地把科技论文写在祖国大地上的崇高风范。

讲述人感悟

2021年的5月22号,袁院士离世的当天我接到了《袁隆平口述历史》这部书的录制工作的邀约,我用3天时间录完了整本《袁隆平口述历史》,对袁老的一生特别敬佩。袁老的一生就像我讲述的这篇文章一样,他有一个"禾下乘凉梦",他也为世界的粮食生产作出了杰出的贡献。

我们知道,以前一亩地产水稻大概是三四百斤,但是经过袁隆平院士不断地探索研究,不断地寻找杂交水稻,现在的亩产已经达到了1600斤,是过去的几倍!

所以,我想这样的精神通过我们主持人的讲述,可以去感召更多的人,让大家了解到什么样的人才是最可爱的人,什么样的人才是最值得我们尊敬和敬仰的人。

[科学家精神]

"深潜"一生,愿将此生长报国

● 讲述人

张 蕾

  1988年9月27日,中国导弹核潜艇水下发射运载火箭成功,这是继原子弹爆炸成功后,中国于无声的深海之中,牢牢筑起的第二道核盾牌!第二天,《人民日报》刊登了长篇通讯《中国核潜艇诞生记》。这时候,很多人才知道,中国第一代核潜艇首任总设计师、中国第一个核动力装置的主要设计者名叫彭士禄。

  20世纪60年代,正值

困难时期，彭士禄受命建造我国第一艘核潜艇。由于科研力量奇缺，参与该项目的人员看不懂英文资料，彭士禄便带领大家每天5点起床自学英语和核动力知识；作为先遣队，他们藏于深山，180天不见太阳、毒蛇蚊虫肆虐，吃着窝窝头搞核潜艇；没有电脑就拉计算尺、敲算盘，山一样的数据全靠人工没日没夜算出来。终于，中国第一个核潜艇的"心脏"开始跳动，我国成为世界上第五个拥有核潜艇的国家。

我国科研事业从无到有，从弱到强，取得历史性成就、发生历史性变革，背后是像彭士禄这样一大批科研工作者的潜心研究和无私奉献。

王希季是中国早期火箭及航天器的研制和组织者之一。1958年，他奉命来到一个秘密单位，接受了"把卫星送上天"的任务，带领一批缺乏技术背景的年轻人边学边干。为了计算一条弹道，用的纸比办公桌还高；没有发射场，就在稻田里用辘轳绞车把火箭吊上发射架，用打气筒加压给火箭加燃烧剂、助推剂……业精于勤，他们几经挫折，终于让我国第一枚完全自主设计、自主制造的液体探空火箭T-7M腾空而起，奔向遥远天际，这枚承载着新中国航天梦的探空火箭成功首飞。

蒋筑英是我国光学界的优秀人才，他和他的研究小组研制出了中国第一台光学传递函数测量装置，建成了国内一流的光学检测实验室。他掌握5门外语，翻译了大量外文资料，但从不据为己有；他帮助同事修改论文，发表时却从不署名；研究所评职称、分房子、提工资，也多次主动让给别人。同事说他是"永动机"，他却把自己比作"铺路石"，时刻为国家着想，为他人着想。

正是有了这些淡泊名利、潜心研究的奉献者，我国重大创新成果竞相涌现，一些前沿领域开始进入并跑、领跑阶段，科技实力正在从量的积累迈向质的飞跃,从点的突破迈向系统能力提升。

在科学家座谈会上,习近平总书记指出:"从实践看,凡是取得突出成就的科学家都是凭借执着的好奇心、事业心,终身探索成就事业的。有研究表明,科学家的优势不仅靠智力,更主要的是专注和勤奋,经过长期探索而在某个领域形成优势。要鼓励科技工作者专注于自己的科研事业,勤奋钻研,不慕虚荣,不计名利。"

科学家精神

集智攻关　团结协作

● 讲述人

梁　婧

　　家喻户晓的竺可桢先生，是我国气象、气候事业的奠基人。新中国成立初期，他出任中国科学院副院长，参与组织编撰《中华人民共和国国家大地图集》。他约请全国地学、生物学、经济学、地图学专家近50人，组成阵营强大的编纂委员会协同合作，继承了我国地图学的光荣传统，取得了重要成绩。

　　竺可桢在著名的《中国科学的新方向》一文中提

出:"为谋达到给人民谋福利起见,我们新中国发展科学的道路将朝向哪个方向走呢?"为了解决这个问题,他给出了一个重要方案,就是必须群策群力用集体的力量来解决眼前最迫切而最重大的问题。

新中国70多年的科技发展史,就是集智攻关、团结协作的历史。聂荣臻称新型材料、电子元件、精密机械、仪器仪表、特殊设备、测试技术、计量基准是国防尖端事业的"开门七件事"。因此,第一颗原子弹试验攻关会战期间,先后有26个部门,20个省区市,1000家左右工厂、科研机构和大专院校参与其中。为了共同的载人航天工程,西安的火箭发动机、天津的飞船太阳帆板、河南的电连接器,步调一致将设备送到北京总装车间。高铁作为一项庞大的系统工程,一列火车光零部件就达数十万个;从时速200公里到时速350公里,任何一点提升,都需要跨越无数道技术门槛。为此全国近30家一流科研机构、院校与近50家骨干企业,共同努力,密切合作,组成了产学研用的创新联合体,推进了我国的高铁自主研发。

集智攻关、团结协作,首先需要团队意识。深海载人潜水器"蛟龙"号研发过程中,为了使各个分系统完美衔接,科研人员不仅

"蛟龙"号深海载人潜水器

在专业知识上形成互补和合力，产生"乘数效应"，而且享受团队合作的快乐，心无旁骛地投入工作。

集智攻关、团结协作，还需要跨界思维。如今，交叉学科、交叉领域越来越多，看似不相关的行业，也能够相互启发和砥砺，激荡起"头脑风暴"。打破学科壁垒，已成为科技工作者的自觉意识。

集智攻关、团结协作，更需要国际视野。全世界瞩目的中国空间站，计划于2022年前后建成，17个国家23个实体的9个项目已经成为入选的首批科学实验项目。

习近平总书记指出："广大工程科技工作者既要有工匠精神，又要有团结精神，围绕国家重大战略需求，瞄准经济建设和事关国家安全的重大工程科技问题，紧贴新时代社会民生现实需求和军民融合需求，加快自主创新成果转化应用，在前瞻性、战略性领域打好主动仗。"

科学家精神

甘为人梯　奖掖后学

● 讲述人

邹　韵

华罗庚说，人有两个肩膀，我要让双肩都发挥作用：一个肩膀要挑起"送货上门"的担子，把科学知识和科学方法送到工农群众中去；另一个肩膀要当作"人梯"，让年轻一代搭着我的肩膀攀登科学的更高一层山峰，然后让青年们放下绳子，拉我上去，再作人梯。

他慧眼识人最突出的表现就是发现了陈景润的天赋和勤奋。1956年，他收到了陈景润的来信。大意是,我读了您的《堆叠素数论》,发现其中的一个结果可以改进。

华罗庚连忙翻开书,发现果然如此。他特别高兴,不久后,就邀请陈景润到中国科学院数学研究所工作。再后来,就有了陈景润对哥德巴赫猜想研究的重大贡献。

1979年,华罗庚加入中国共产党,这一年,他已经近70岁了。他激励自己说,横刀哪顾头颅白,跃马紧傍青壮人,不负党员名。

科技创新,贵在接力。甘为人梯、奖掖后学的育人精神是很多很多德高望重的科学家所秉持的理念。著名数学家苏步青,有很多学生都成为世界知名学者。有一次,他对学生说,人家都说"名师出高徒",我看还是"高徒捧名师"。我自己并没有什么了不起的地方,倒是你们出名了,把我捧出了名。但是,我要说,有一点你们还没有超过我,那就是我培养了一代像你们这样出色的数学家,而你们还没有培养出超过自己的学生。

1977年8月初,邓小平邀请全国30多位科学家、教育家到北京座谈科技、教育工作。在座谈会上,苏步青第一个发言,提出恢复大学招生制度和研究生培养制度等建议,得到了邓小平的热情支持。

"桐花万里丹山路,雏凤清于老凤声。"著名实验物理学家钱三强服从党和国家的需要,将主要精力投入到科学组织中,他领导的中国科学院原子能所成为人才辈出的科技大本营。上海华山医院感染科数十年来,戴自英、翁心华等几代专家接力传承,他们的学科成果在抗击非典和新冠疫情斗争当中发挥了重要的作用。"时代楷模"黄大年常说,与科学家相比,自己更看重的是教师这个身份。即使在出差途中,他还为学生们修改PPT、查阅资料、远程授课。就在癌症手术的前两天,他还不忘详细地向学生们交代学习规划;而就在手术的前一天,还在为学生们搜集资料。他的"师道精神"

犹如明灯。

"一年之计，莫如树谷；十年之计，莫如树木；终身之计，莫如树人。"习近平总书记在中国科学院第十七次院士大会、中国工程院第十二次院士大会上指出："希望广大院士肩负起培养青年科技人才的责任，甘为人梯，言传身教，慧眼识才，不断发现、培养、举荐人才，为拔尖创新人才脱颖而出铺路搭桥。"

企业家精神

为国担当　回报社会

● 讲述人

贺　超

1985年，为加速开发神府东胜煤田，国家决定修建包神铁路。因为工程施工难度大、标价低，前来投标的13家施工企业纷纷地打了退堂鼓，只有中铁建十七局的陈孔安以低标价揽下了这项工程。这消息一传开，有些人不理解，认为陈孔安"净冒傻气，做赔本的买卖"。陈孔安解释说："咱们不能掉进钱眼里，为了全国这个大局，做出点牺牲值得！"

陈孔安的故事向我们说明了一个道理，就是企业家的眼里不能只有利益，还要有国家。

爱国是近代以来我国优秀企业家的光荣传统。清末民初实业家张謇坚持"实业救国、教育救国"，他一手创办了20多家企业、数百所学校和无数公益项目；为了支援抗日救亡，华侨企业家陈嘉庚投资设立制药厂为前线供应药品，积极组织捐款献物。

新中国成立初期，现代民族工商业者的杰出代表荣毅仁积极投身国家恢复生产，为解决国家财政困难，他主动认购公债650万份，支援国家建设。在资本主义工商业的社会主义改造过程中，他带头对荣氏企业实行公私合营，发挥了很大的示范和表率作用。

现代民族工商业者的优秀代表王光英一心一意听党话跟党走，只要是党和国家交给他的任务，他都尽心竭力、出色完成。抗美援朝期间，王光英具体策划、组织了天津工商界抗美援朝反美爱国示威大游行，认购救国公债，捐献战争用品，得到毛泽东的高度赞扬。改革开放之初，他受命创建光大实业公司，为内地轻纺、化工、机电、电子、交通运输等工业部门上千家大中型企业引进先进技术和设备，用中外合资的方式完成了多个国家重大建设项目，搭建起中西方交流互通的桥梁，为对外开放打开了一扇新的窗口。

香港著名实业家邵逸夫，长期投身内地经济建设，支持教育事业，他捐资兴建的图书馆、教学楼，遍布中国校园……

一位企业家这样说："要在政治上听党的话，符合党和国家的政策方针，方向不能偏。我们要走的是大道，而不是小道。"大道与小道，这句话说得十分形象。只有走爱国的大道，这路才能越走越宽阔。

在这次抗击新冠疫情中，许多企业家大力支援抗疫。在沈阳，一位80后企业家在疫情中接到了来自湖北的呼吸机需求订单，他立即把库存的机器连夜送往湖北。他带领员工连续生产供应设备45天,硬是创造了一个月拼出一年产量的奇迹,为全国各地输送呼吸机3200余台。

  2020年7月21日,习近平总书记在北京主持召开企业家座谈会。会上,总书记提出五点希望,勉励企业家们不断提升自己,弘扬企业家精神,努力成为推动高质量发展的生力军。习近平总书记指出:"企业营销无国界,企业家有祖国。优秀企业家必须对国家、对民族怀有崇高使命感和强烈责任感,把企业发展同国家繁荣、民族兴盛、人民幸福紧密结合在一起,主动为国担当、为国分忧。"

企业家精神

唯创新者胜

● 讲述人

屠 化

2017年4月12日,智利媒体报道,一名青年男子从银行取钱后被歹徒跟踪并遭到抢劫,歹徒朝男子开枪,男子被击中,但是令人惊讶的是,他只受了轻伤,原因是被打中的那个部位有一件物品保护了他。这件救命的物品,是中国的华为手机。

这场"质量检测"可谓非常意外,也确实惊心动魄,其背后体现的正是华为勇于开拓创新的卓绝进取之路。

1987年华为创立时，还是一个初始资本只有2.1万元的小代理商。如今的华为，已扎根全球，成为中国的"闪亮名片"。外媒评价说："从珠穆朗玛峰到北极和南极，都能见到华为的足迹。"

改革开放以来，一大批有胆识、勇创新的企业家迅速成长，依靠创新，使企业不断发展壮大。华为创始人任正非，专注于产品和技术创新、带领企业进入全球信息与通信技术领先位置；海尔集团董事局主席张瑞敏，探索创新经营管理模式、带领企业从濒临倒闭的小厂发展成为全球知名跨国集团；万向集团董事会主席鲁冠球，以开拓者般的胆识带着6位农民以4000元起家，40年专注于汽车零部件、把一个小作坊发展成为实力雄厚的现代企业……

他们的经验都证明了，没有创新，就不可能取得大的发展。

创新是引领发展的第一动力。关键核心技术是要不来、买不来、讨不来的。中国企业要做大、做强，要走出去，就必须坚定走自主创新之路。

在全球通信技术领域，中国很长时间处于跟随地位，为了改变这种状况，华为沉下心来开展5G技术和标准研究，如今成为全球第一的5G技术供应商，走在了世界的最前列。为突破操作系统被"卡脖子"的局面，华为再次拿出了"爬雪山、过草地"的这一番干劲，下定决心抓自主创新，推出了国产操作系统——鸿蒙。

如果不思进取、不谋创新、安于低端跟随，华为就不可能有今天的这番成就，如华为人所说："就像米缸里的老鼠，长期在米缸里吃米很舒服，但等米吃完了也就快死掉了。"

2020年7月21日，习近平总书记在企业家座谈会上强调指出："改革开放以来，我国经济发展取得举世瞩目的成就，同广大企业家大力弘扬创新精神是分不开的"。

"大疫当前，百业艰难，但危中有机，唯创新者胜。企业家要做创新发展的探索者、组织者、引领者,勇于推动生产组织创新、技术创新、市场创新,重视技术研发和人力资本投入,有效调动员工创造力,努力把企业打造成为强大的创新主体。"

《非凡百年》节目组成员

总 顾 问　　陈　晋
总 监 制　　阚兆江
监　　制　　魏淑青
总制片人　　田　龙
制 片 人　　万山红
总 导 演　　吴　卉
主　　编　　蔡　瑛
执行导演　　苏灿书　　张　祎
策　　划　　钟　波　　那尔苏　　张　磊　　刘振洲　　王　敬　　马　岩
　　　　　　杨　勇
撰　　稿　　刘贵军　　徐　嘉　　吁帅彪　　董明侠　　董晓彤　　翟佳琪
　　　　　　孔　昕　　谭国林　　兰　洋　　白　洁　　恋　云　　张明明
　　　　　　王海滨　　王　婉　　李　静　　阳　羽
制片统筹　　黄　珊　　王轶婷
摄　　影　　张文达　　庄耀祖　　樊　飞　　秦齐伟
后期主管　　蔡跃升　　李乾铭
后期导演　　陈燕飞
后期剪辑　　李文豪　　朱勃宇　　陈天宇　　骆艳峰
后期调色　　张　炳
音频总监　　张　磊
节目包装　　李　响　　李依南　　何羽飞　　张蔚雅
节目统筹　　蒋洪彬　　朱晓梅　　李　沛　　孙　蕊
宣发组长　　王水雯　　刘　铭
宣　　发　　王志存　　田楚韵　　张　强　　康　宁　　徐涵力　　张　雨